茶館

（附：我這一輩子、新時代的舊悲劇）

經典新版

老舍

老舍——著

茶館

目錄

老舍先生為現代文學史上的大家，
其行文習慣與用語可能與當下的用法不同，
為尊重歷史原貌，本書一律不做改動。

總序

文學星座中，最特立獨行的那一顆星

秦懷冰

上世紀三十年代，由於適值新舊文化、中西思想處於強烈對接和震盪的不安時期，又是白話文學和現代藝術的創作剛好進入多元互激的豐收時期，所以，當時的文壇湧現了一波又一波令人目眩神迷的重要作家和作品。那個時代的文學星空，簡直可謂燦爛輝煌，極一時之盛。

有人認為魯迅、周作人兄弟是那個文學星空中的啟明星與黃昏星，撐起了一整個時代的文采與氣象；也有人認為胡適、徐志摩、梁實秋等「新月派」作者群係屬當時讀者公認的文壇主幹；更有人認為後起的巴金、茅盾、曹禺等左派前衛作家才是那個時代的主流與健將。

然而，無論是日後撰寫現代華人文學史的書齋學者們，或是稍為熟悉三十年代文藝實況的當今讀者們，恐怕沒有人會否認：那個總是刻意避開浮名虛譽，習慣於孑然一身、特立獨行的作家老舍，乃是當時的文學星空中持久熠熠發光的一顆恆星。他的作品所煥發的光輝和熱力，在洶湧起伏的潮流激盪中，撐起了一片人文的、鄉土的、人道的文學園圃。有了老舍的作品，現代華文小說才算是已走向鮮活與成熟。

眾所周知，本名舒慶春的老舍，是世居北京的正紅旗滿洲人，自幼喪父，家境貧寒。正因曾經家世不凡，出生時卻已淪為社會底層，所以他對世態炎涼、人情冷暖的現實社會，早有深刻而切膚的體會。憑著自己特異的天賦和不懈的努力，他青年時代即抓住機會赴英國留學並任教，同時開始文學創作。在英國，他時常尋訪當時的人文重鎮牛津、劍橋，親身接觸了西方現代文藝思潮與技法的奧妙，並與當時炙手可熱的「百花園作家圈」有過互動，故而日後他的創作中極自然地融入了諸多前衛的西方文學因素。返國後，他一往無前地投身文學創作，終身不渝。

老舍的作品，風格相當鮮明而獨特，這是因為：首先，他的語言非常鮮活，正宗北京話中又帶有胡同廝混的鄉土腔，令人一讀之下即難以忘懷。其次，他筆下的人物形象生動，往往只消寥寥幾個場景或動作，即令人如見其人，如聞其聲。尤其，他所抒寫的主角都是社會底層飽經生活折磨的辛苦人，每日須遭風刀霜劍摧折，甚至受傷害、受侮辱，但往往只為了一絲微弱的希望、或一個掛心的人，就不惜忍氣吞聲地活下去。他對人性的深刻挖掘，即是從對都市平民、弱勢群體的理解與同情出發的。

老舍的長篇名著《駱駝祥子》，抒寫從農村來到都市的破產青年祥子，一次又一次掙扎著在現實而勢利的社會中求生存、求上進的艱辛過程，卻因環境和命運的播弄，一次又一次跌倒，其間情節，令人鼻酸。這種人道主義的關懷和刻畫，正是老舍作品最動人的特色。他的短篇名作《月牙兒》，描述一位天真可愛的小姑娘，從七歲起就生活顛沛困頓，與母親相依為命，然因母親患病，她不得不面對人世間種種的冷眼和苛待，最終陷入不堪的命運；這篇小說，近年被拍成電視劇，播出後萬千觀眾為之淚奔。

至於老舍的長篇小說《四代同堂》，刻畫一個大家族內種種相呴以濕、相濡以沫的人際呵護，以及椿椿利益傾軋、誤會齟齬的恩怨情仇，猶如一幅有倫有脊、大開大闔的都市生活風情畫，委實是大師手筆。而他的話劇名著《茶館》，透過一個歷經清末戊戌變法流血、民初北洋軍閥割據、國民政府施政失敗這三大時代鉅變的古舊茶館，反映了半個世紀中國動亂與傾覆的情狀；藉由茶館裡人來人往、匯聚了三教九流各路人馬的場景，以高度的藝術概括力，生動地展示了中國近代史和現代史滄桑變幻的社會縮影。老舍早年在英國曾悉心觀摩和鑽研西方現代話劇的展演，他的《茶館》更融合了他對華人社會與歷史的反思，精采迭出，無怪乎成為歷久不衰的名劇，直到現在，老舍的《茶館》每次演出，仍然轟動遐邇，觀眾人山人海。

老舍在瘋狂的文革時代，為了保持一己基本的人性尊嚴，不惜自沉於北京太平湖，以示無言的抗議。時至今日，他已被公認是大師級的作家，同時被定位為華人文學中「都市平民的代言人」，因為老舍從來不願、也不屑去抒寫北京城裡的豪門富戶、達官貴人，他只關心活生生的、辛苦掙扎的底層平民。正是這種終身不渝的人道主義情懷，和由此情懷所陶冶、所匯聚出來的文學造詣與藝術感性，使我們認為，即使在出版文學作品在書市簡直可謂相當困難的當前時刻，仍一定要出齊老舍的代表作，以向文學星座中這顆特立獨行的閃亮星宿致意！

茶館

人物列表

王利發——男。最初與我們見面，他才二十多歲。因父親早死，他很年輕就作了裕泰茶館的掌櫃。精明、有些自私，而心眼不壞。

唐鐵嘴——男。三十來歲。相面為生，吸鴉片。

松二爺——男。三十來歲。膽小而愛說話。

常四爺——男。三十來歲。松二爺的好友，都是裕泰的主顧。正直，體格好。

李三——男。三十多歲。裕泰的跑堂的。勤懇，心眼好。

二德子——男。二十多歲。善撲營當差。

馬五爺——男。三十多歲。吃洋教的小惡霸。

劉麻子——男。三十來歲。說媒拉縴，心狠意毒。

康六——男。四十歲。京郊貧農。

黃胖子——男。四十多歲。流氓頭子。

秦仲義——男。王掌櫃的房東。在第一幕裡二十多歲。闊少，後來成了維新的資本家。
老人——男。八十二歲。無倚無靠。
鄉婦——女。三十多歲。窮得出賣小女兒。
小妞——女。十歲。鄉婦的女兒。
龐太監——男。四十歲。發財之後，想娶老婆。
小牛兒——男。十多歲。龐太監的書僮。
宋恩子——男。二十多歲。老式特務。
吳祥子——男。二十多歲。宋恩子的同事。
康順子——女。在第一幕中十五歲。康六的女兒。被賣給龐太監為妻。
王淑芬——女。四十來歲。王利發掌櫃的妻。比丈夫更公平正直些。
巡警——男。二十多歲。
報童——男。十六歲。
康大力——男。十二歲。龐太監買來的義子，後與康順子相依為命。
老林——男。三十多歲。逃兵。

老陳——男。三十歲。逃兵。老林的把弟。
崔久峰——男。四十多歲。作過國會議員，後來修道，住在裕泰附設的公寓裡。
軍官——男。三十歲。
王大拴——男。四十歲左右，王掌櫃的長子。為人正直。
周秀花——女。四十歲。大拴的妻。
王小花——女。十三歲。大拴的女兒。
丁寶——女。十七歲。女招待。有膽有識。
小劉麻子——男。三十多歲。劉麻子之子，繼承父業而發展之。
取電燈費的——男。四十多歲。
小唐鐵嘴——男。三十多歲。唐鐵嘴之子，繼承父業，有作天師的願望。
明師傅——男。五十多歲。包辦酒席的廚師傅。
鄒福遠——男。四十多歲。說評書的名手。
衛福喜——男。三十多歲。鄒的師弟，先說評書，後改唱京戲。
方六——男。四十多歲。打小鼓的，奸詐。
車噹噹——男。三十歲左右。買賣現洋為生。

龐四奶奶——女。四十歲。醜惡，要作皇后。龐太監的四侄媳婦。

春梅——女。十九歲。龐四奶奶的丫環。

老楊——男。三十多歲。賣雜貨的。

小二德子——男。三十歲。二德子之子，打手。

于厚齋——男。四十多歲。小學教員，王小花的老師。

謝勇仁——男。三十多歲。與于厚齋同事。

小宋恩子——男。三十來歲。宋恩子之子，承襲父業，作特務。

小吳祥子——男。三十來歲。吳祥子之子，世襲特務。

小心眼——女。十九歲。女招待。

沈處長——男。四十歲。憲兵司令部某處處長。

茶客若干人，都是男的。

茶房一兩個，都是男的。

難民數人，有男有女，有老有少。

大兵三、五人，都是男的。

公寓住客數人，都是男的。

押大令的兵七人，都是男的。
憲兵四人。男。
傻楊——男。數來寶的。

第一幕

人物　王利發、劉麻子、龐太監、唐鐵嘴、康六、小牛兒、松二爺、黃胖子、宋恩子、常四爺、秦仲義、吳祥子、李三、老人、康順子、二德子、鄉婦、茶客甲、乙、丙、丁、馬五爺、小妞、茶房一、二人。

時間　一八九八年（戊戌）初秋，康梁等的維新運動失敗了。早半天。

地點　北京，裕泰大茶館。

〔幕啟：這種大茶館現在已經不見了。在幾十年前，每城都起碼有一處。這裡賣茶，也賣簡單的點心與菜飯。玩鳥的人們，每天在蹓夠了畫眉、黃鳥等之後，要到這裡歇歇腿，喝喝茶，並使鳥兒表演歌唱。商議事情的，說媒拉縴的，也到這裡來。那年月，時常有打群架的，但是總會有朋友出頭給雙方調解；三五十口子打手，經調人東說西說，便都喝碗茶，吃碗爛肉麵（大茶館特殊的食品，價錢便宜，作起來快當），就可以化干戈為玉帛了。總之，這是當日非常重要的地方，有事無事都可以來坐半天。

（在這裡，可以聽到最荒唐的新聞，如某處的大蜘蛛怎麼成了精，受到雷擊。奇怪的意見也在這裡可以聽到，像把海邊上都修上大牆，就足以擋住洋兵上岸。這裡還可以聽到某京戲演員新近創造了什麼腔兒，和煎熬鴉片煙的最好的方法。這裡也可以看到某人新得到的奇珍——一個出土的玉扇墜兒，或三彩的鼻煙壺。這真是個重要的地方，簡直可以算作文化交流的所在。

（我們現在就要看見這樣的一座茶館。

（一進門是櫃檯與爐灶——為省點事，我們的舞台上可以不要爐灶；後面有些鍋勺的響聲也就夠了。屋子非常高大，擺著長桌與方桌，長凳與小凳，都是茶座兒。隔窗可見後院，高搭著涼棚，棚下也有茶座兒。屋裡和涼棚下都有掛鳥籠的地方。各處都貼著「莫談國事」的紙條。

（有兩位茶客，不知姓名，正瞇著眼，搖著頭，拍板低唱。有兩三位茶客，也不知姓名，正入神地欣賞瓦罐裡的蟋蟀。兩位穿灰色大衫的——宋恩子與吳祥子，正低聲地談話，看樣子他們是北衙門的辦案的（偵緝）。

（今天又有一起打群架的，據說是為了爭一隻家鴿，惹起非用武力解決不可的糾紛。假若真打起來，非出人命不可，因為被約的打手中包括著善撲營的哥兒們和庫兵，身手都十分厲害。好在，不能真打起來，因為在雙方還沒把打手約齊，已有人出面調停了——現在雙方在這裡會面。三三兩兩的打手，都橫眉立目，短打扮，隨時進來，往後院去。

（馬五爺在不惹人注意的角落，獨自坐著喝茶。

（王利發高高地坐在櫃檯裡。

（唐鐵嘴踏拉著鞋，身穿一件極長極髒的大布衫，耳上夾著幾張小紙片，進來。）

王利發　唐先生，你外邊蹓躂吧！

唐鐵嘴　（慘笑）王掌櫃，捧捧唐鐵嘴吧！送給我碗茶喝，我就先給您相相面吧！手相奉送，不取分文！（不容分說，拉過王利發的手來）今年是光緒二十四年，戊戌。您貴庚是……

王利發　（奪回手去）算了吧，我送給你一碗茶喝，你就甭賣那套生意口啦！用不著相面，咱們既在江湖內，都是苦命人！（由櫃檯內走出，讓唐鐵嘴坐下）坐下！我告訴你，你要是不戒了大煙，就永遠交不了好運！這是我的相法，比你的更靈驗！

（松二爺和常四爺都提著鳥籠進來，王利發向他們打招呼。他們先把鳥籠子掛好，找地方坐下。松二爺文謅謅的，提著小黃鳥籠；常四爺雄赳赳的，提著大而高的畫眉籠。茶房李三趕緊過來，沏上蓋碗茶。他們自帶茶葉。茶沏好，松二爺、常四爺向鄰近的茶座讓了讓。）

松二爺　您喝這個！（然後，往後院看了看）

常四爺　好像又有事兒？

松二爺　反正打不起來！要真打的話，早到城外頭去啦；到茶館來幹嗎？

常四爺　〔二德子，一位打手，恰好進來，聽見了常四爺的話。

二德子　（湊過去）你這是對誰甩閒話呢？

常四爺　（不肯示弱）你問我哪？花錢喝茶，難道還教誰管著嗎？

松二爺　（打量了二德子一番）我說這位爺，您是營裡當差的吧？來，坐下喝一碗，我們也都是外場人。

二德子　你管我當差不當差呢！

常四爺　要抖威風，跟洋人幹去，洋人厲害！英法聯軍燒了圓明園，尊家吃著官餉，可沒見您去衝鋒打仗！

二德子　甭說打洋人不打，我先管教管教你！（要動手）

〔別的茶客依舊進行他們自己的事。王利發急忙跑過來。

王利發　哥兒們，都是街面上的朋友，有話好說。德爺，您後邊坐！

（二德子不聽王利發的話，一下子把一個蓋碗摟下桌去，摔碎。翻手要抓常四爺的脖領。）

常四爺　（閃過）你要怎麼著？

二德子　怎麼著？我碰不了洋人，還碰不了你嗎？

馬五爺　（並未立起）二德子，你威風啊！

二德子　（四下掃視，看到馬五爺）喝，馬五爺，您在這兒哪？我可眼拙，沒看見您！（過去請安）

馬五爺　有什麼事好好地說，幹嗎動不動地就講打？

二德子　嗻！你說的對！我到後頭坐坐去。李三，這兒的茶錢我候啦！（往後面走去）

常四爺　（湊過來，要對馬五爺發牢騷）這位爺，您聖明，您給評評理！

馬五爺　（立起來）我還有事，再見！（走出去）

常四爺　（對王利發）邪！這倒是個怪人！

王利發　您不知道這是馬五爺呀？怪不得您也得罪了他！

常四爺　我也得罪了他？我今天出門沒挑好日子！

王利發　（低聲地）剛才您說洋人怎樣，他就是吃洋飯的。信洋教，說洋話，有事情可以一直地找宛平縣的縣太爺去，要不怎麼連官面上都不惹他呢！

常四爺　（往原處走）哼，我就不佩服吃洋飯的！

王利發　（向宋恩子、吳祥子那邊稍一歪頭，低聲地）說話請留點神！（大聲地）李三，再給這兒沏一碗來！（拾起地上的碎磁片）

松二爺　蓋碗多少錢？我賠！外場人不作老娘們事！

王利發　不忙，待會兒再算吧！（走開）

〔縴手劉麻子領著康六進來。劉麻子先向松二爺、常四爺打招呼。〕

劉麻子　您二位真早班兒！（掏出鼻煙壺，倒煙）您試試這個！剛裝來的，地道英國造，又細又純！

常四爺　唉！連鼻煙也得從外洋來！這得往外流多少銀子啊！

劉麻子　咱們大清國有的是金山銀山，永遠花不完！您坐著，我辦點小事！（領康六找了個座兒）

〔李三拿過一碗茶來。〕

劉麻子　說說吧，十兩銀子行不行？你說乾脆的！我忙，沒工夫專伺候你！

康　六　劉爺！十五歲的大姑娘，就值十兩銀子嗎？

劉麻子　賣到窯子去，也許多拿一兩八錢的，可是你又不肯！

康　六　那是我的親女兒！我能夠……

劉麻子　有女兒，你可養活不起，這怪誰呢？

康　六　那不是因為鄉下種地的都沒法子混了嗎？一家大小要是一天能吃上一頓粥，我要還想賣女兒，我就不是人！

劉麻子　那是你們鄉下的事，我管不著。我受你之托，教你不吃虧，又教你女兒有個吃飽飯的地方，這還不好嗎？

康　六　到底給誰呢？

劉麻子　我一說，你必定從心眼裡樂意！一位在官裡當差的！

康　六　宮裡當差的誰要個鄉下丫頭呢？

劉麻子　那不是你女兒的命好嗎？

康　六　誰呢？

劉麻子 龐總管！你也聽說過龐總管吧？侍候著太后，紅的不得了，連家裡打醋的瓶子都是瑪瑙作的！

康　六 劉大爺，把女兒給太監作老婆，我怎麼對得起人呢？

劉麻子 賣女兒，無論怎麼賣，也對不起女兒！你糊塗！你看，姑娘一過門，吃的是珍饈美味，穿的是綾羅綢緞，這不是造化嗎？怎樣，搖頭不算點頭算，來個乾脆的！

康　六 自古以來，哪有……他就給十兩銀子？

劉麻子 找遍了你們全村兒，找得出十兩銀子找不出？在鄉下，五斤白麵就換個孩子，你不是不知道！

康　六 我，唉！我得跟姑娘商量一下！

劉麻子 告訴你，過了這個村可沒有這個店，耽誤了事別怨我！快去快來！

康　六 唉！我一會兒就回來！

劉麻子 我在這兒等著你！

康　六 （慢慢地走出去）

劉麻子　（湊到松二爺、常四爺這邊來）鄉下人真難辦事，永遠沒有個痛痛快快！

松二爺　這號生意又不小吧？

劉麻子　也甜不到哪兒去，弄好了，賺個元寶！

常四爺　鄉下是怎麼了？會弄得這麼賣兒賣女的！

劉麻子　誰知道！要不怎麼說，就是一條狗也得托生在北京城裡嘛！

常四爺　劉爺，您可真有個狠勁兒，給拉攏這路事！

劉麻子　我要不分心，他們還許找不到買主呢！（忙岔話）松二爺，（掏出個小時錶來）您看這個！

松二爺　（接錶）好體面的小錶！

劉麻子　您聽聽，嘎噔嘎噔地響！

松二爺　（聽）這得多少錢？

劉麻子　您愛嗎？就讓給您！一句話，五兩銀子！您玩夠了，不愛再要了，我還照數退錢！東西真地道，傳家的玩藝！

常四爺　我這兒正咂摸這個味兒：咱們一個人身上有多少洋玩藝兒啊！老

劉麻子 劉，就著你身上吧：洋鼻煙，洋錶，洋緞大衫，洋布褲褂……洋東西可是真漂亮呢！我要是穿一身土布，像個鄉下腦殼，誰還理我呀！

常四爺 我老覺乎著咱們的大緞子，川綢，更體面！

劉麻子 松二爺，留下這個錶吧，這年月，戴著這麼好的洋錶，會教人另眼看待！是不是這麼說，您哪？

松二爺 （真愛錶，但又嫌貴）我……

劉麻子 您先戴兩天，改日再給錢！

〔黃胖子進來。

黃胖子 （嚴重的砂眼，看不清楚，進門就請安）哥兒們，都瞧我啦！我請安了！都是自己弟兄，別傷了和氣呀！

王利發 這不是他們，他們在後院哪！

黃胖子 我看不大清楚啊！掌櫃的，預備爛肉麵。有我黃胖子，誰也打不起來！（往裡走）

二德子 （出來迎接）兩邊已經見了面，您快來吧！

〔二德子同黃胖子入內。

〔茶房們一趟又一趟地往後面送茶水。老人進來，拿著些牙籤、胡梳、耳挖勺之類的小東西，低著頭慢慢地挨著茶座兒走；沒人買他的東西。他要往後院去，被李三截住。

李　三　老大爺，您外邊蹓躂吧！後院裡，人家正說和事呢，沒人買您的東西！（順手兒把剩茶遞給老人一碗）

松二爺　（低聲地）李三！（指後院）他們到底為了什麼事，要這麼拿刀動杖的？

李　三　（低聲地）聽說是為一隻鴿子。張宅的鴿子飛到了李宅去，李宅不肯交還……唉，咱們還是少說話好，（問老人）老大爺您高壽啦？

老　人　（喝了茶）多謝！八十二了，沒人管！這年月呀，人還不如一隻鴿子呢！唉！（慢慢走出去）

〔秦仲義，穿得很講究，滿面春風，走進來。

王利發　哎喲！秦二爺，您怎麼這樣閒在，會想起下茶館來了？也沒帶個底下人？

秦仲義　來看看，看看你這年輕小夥子會作生意不會！

王利發　唉，一邊作一邊學吧，指著這個吃飯嘛。誰叫我爸爸死的早，我不幹不行啊！好在照顧主兒都是我父親的老朋友，我有不周到的地方，都肯包涵，閉閉眼就過去了。在街面上混飯吃，人緣兒頂要緊。我按著我父親遺留下的老辦法，多說好話，多請安，討人人的喜歡，就不會出大岔子！您坐下，我給您沏碗小葉茶去！

秦仲義　我不喝！也不坐著！

王利發　坐一坐！有您在我這兒坐坐，我臉上有光！

秦仲義　也好吧！（坐）可是，用不著奉承我！

王利發　李三，沏一碗高的來！二爺，府上都好？您的事情都順心吧？

秦仲義　不怎麼太好！

王利發　您怕什麼呢？那麼多的買賣，您的小手指頭都比我的腰還粗！

唐鐵嘴　（湊過來）這位爺好相貌，真是天庭飽滿，地閣方圓，雖無宰相之權，而有陶朱之富！

秦仲義　躲開我！去！

王利發　先生，你喝夠了茶，該外邊活動活動去！（把唐鐵嘴輕輕推開）

唐鐵嘴　唉！（垂頭走出去）

秦仲義　小王，這兒的房租是不是得往上提那麼一提呢？當年你爸爸給我的那點租錢，還不夠我喝茶用的呢！

王利發　二爺，您說的對，太對了！可是，這點小事用不著您分心，您派管事的來一趟，我跟他商量，該長多少租錢，我一定照辦！是！嗻！

秦仲義　你這小子，比你爸爸還滑！哼，等著吧，早晚我把房子收回去！

王利發　您甭嚇唬著我玩，我知道您多麼照應我，心疼我，決不會叫我挑著大茶壺，到街上賣熱茶去！

秦仲義　你等著瞧吧！

〔鄉婦拉著個十來歲的小妞進來。小妞的頭上插著一根草標。李三本想不許她們往前走，可是心中一難過，沒管。她們倆慢慢地往裡走。茶客們忽然都停止說笑，看著她們。〕

小　妞　（走到屋子中間，立住）媽，我餓！我餓！

〔鄉婦呆視著小妞，忽然腿一軟，坐在地上，掩面低泣。

秦仲義　（對王利發）轟出去！

王利發　是！出去吧，這裡坐不住！

鄉　婦　哪位行行好？要這個孩子，二兩銀子！

常四爺　李三，要兩個爛肉麵，帶她們到門外吃去！

李　三　是啦！（過去對鄉婦）起來，門口等著去，我給你們端麵來！

鄉　婦　（立起，抹淚往外走，好像忘了孩子；走了兩步，又轉回身來，摟住小妞吻她）寶貝！寶貝！

王利發　快著點吧！

〔鄉婦、小妞走出去。李三隨後端出兩碗麵去。

王利發　（過來）常四爺，您是積德行好，賞給她們麵吃！可是，我告訴您：這路事兒太多了，太多了！誰也管不了！（對秦仲義）二爺，您看我說的對不對？

常四爺　（對松二爺）二爺，我看哪，大清國要完！

秦仲義　（老氣橫秋地）完不完，並不在乎有人給窮人們一碗麵吃沒有。小王，說真的，我真想收回這裡的房子！

王利發　您別那麼辦哪，二爺！

秦仲義　我不但收回房子，而且把鄉下的地，城裡的買賣也都賣了！

王利發　那為什麼呢？

秦仲義　把本錢攏在一塊兒，開工廠！

王利發　開工廠？

秦仲義　嗯，頂大頂大的工廠！那才救得了窮人，那才能抵制外貨，那才能救國！（對王利發說而眼看著常四爺）唉，我跟你說這些幹什麼，你不懂！

王利發　您就專為別人，把財產都出手，不顧自己了嗎？

秦仲義　你不懂！只有那麼辦，國家才能富強！好啦，我該走啦。我親眼看見了，你的生意不錯，你甭再耍無賴，不長房錢！

王利發　您等等，我給您叫車去！

秦仲義　用不著，我願意蹓躂蹓躂！

〔秦仲義往外走，王利發送。

〔小牛兒攙著龐太監走進來。小牛兒提著水煙袋。

龐太監 喲！秦二爺！

秦仲義 龐老爺！這兩天您心裡安頓了吧？

龐太監 那還用說嗎？天下太平了：聖旨下來，譚嗣同問斬！告訴您，誰敢改祖宗的章程，誰就掉腦袋！

秦仲義 我早就知道！

〔茶客們忽然全靜寂起來，幾乎是閉住呼吸地聽著。

龐太監 您聰明，二爺，要不然您怎麼發財呢！

秦仲義 我那點財產，不值一提！

龐太監 太客氣了吧？您看，全北京城誰不知道秦二爺！您比作官的還厲害呢！聽說呀，好些財主都講維新！

秦仲義 不能這麼說，我那點威風在您的面前可就施展不出來了！哈哈哈！

龐太監 說得好，咱們就八仙過海，各顯其能吧！哈哈哈！

秦仲義　改天過去給您請安，再見！（下）

龐太監　（自言自語）哼，憑這麼個小財主也敢跟我逗嘴皮子，年頭真是改了！（問王利發）劉麻子在這兒哪？

王利發　總管，您裏邊歇著吧！

〔劉麻子早已看見龐太監，但不敢靠近，怕打攪了龐太監、秦仲義的談話。

劉麻子　喝，我的老爺子！您吉祥！我等了您好大半天了！（攙龐太監往裡面走）

〔宋恩子、吳祥子過來請安，龐太監對他們耳語。

〔眾茶客靜默了一陣之後，開始議論紛紛。

茶客甲　譚嗣同是誰？

茶客乙　好像聽說過！反正犯了大罪，要不，怎麼會問斬呀！

茶客丙　這兩三個月了，有些作官的，唸書的，亂折騰亂鬧，咱們怎能知道他們搗的什麼鬼呀！

茶客丁　得！不管怎麼說，我的鐵桿莊稼又保住了！姓譚的，還有那個康有為，不是說叫旗兵不關錢糧，去自謀生計嗎？心眼多毒！

茶客丙　一份錢糧倒叫上頭剋扣去一大半，咱們也不好過！

茶客丁　那總比沒有強啊！好死不如賴活著，叫我去自己謀生，非死不可！

王利發　諸位主顧，咱們還是莫談國事吧！

〔大家安靜下來，都又各談各的事。

龐太監　（已坐下）怎麼說？一個鄉下丫頭，要二百銀子？

劉麻子　（侍立）鄉下人，可長得俊呀！帶進城來，好好地一打扮、調教，準保是又好看，又有規矩！我給您辦事，比給我親爸爸作事都更盡心，一絲一毫不能馬虎！

〔唐鐵嘴又回來了。

王利發　鐵嘴，你怎麼又回來了？

唐鐵嘴　街上兵荒馬亂的，不知道是怎麼回事！

龐太監　還能不搜查搜查譚嗣同的餘黨嗎？唐鐵嘴，你放心，沒人抓你！

唐鐵嘴 嗻！總管，你要能賞給我幾個煙泡兒，我可就更有出息了！

〔有幾個茶客好像預感到什麼災禍，一個個往外溜。

松二爺 咱們也該走啦吧！天不早啦！

常四爺 嗻！走吧！

〔二灰衣人——宋恩子和吳祥子走過來。

宋恩子 等等！

常四爺 怎麼啦？

宋恩子 剛才你說「大清國要完」？

常四爺 我，我愛大清國，怕它完了！

吳祥子 （對松二爺）你聽見了？他是這麼說的嗎？

松二爺 哥兒們，我們天天在這兒喝茶。王掌櫃知道：我們都是地道老好人！

吳祥子 問你聽見了沒有？

松二爺 那，有話好說，二位請坐！

宋恩子 你不說，連你也鎖了走！他說「大清國要完」，就是跟譚嗣同一黨！

松二爺　我，我聽見了，他是說……

宋恩子　（對常四爺）走！

常四爺　上哪兒？事情要交代明白了啊！

宋恩子　你還想拒捕嗎？我這兒可帶著「王法」呢！（掏出腰中帶著的鐵鏈子）

常四爺　告訴你們，我可是旗人！

吳祥子　旗人當漢奸，罪加一等！鎖上他！

常四爺　甭鎖，我跑不了！

宋恩子　量你也跑不了！（對松二爺）你也走一趟，到堂上實話實說，沒你的事！

〔黃胖子同三五個人由後院過來。

黃胖子　得啦，一天雲霧散，算我沒白跑腿！

松二爺　黃爺！黃爺！

黃胖子　（揉揉眼）誰呀？

松二爺　我！松二！您過來，給說句好話！

黃胖子　（看清）喲，宋爺，吳爺，二位爺辦案啊？請吧！

松二爺　黃爺，幫幫忙，給美言兩句！

黃胖子　官廳兒管不了的事，我管！官廳兒能管的事呀，我不便多嘴！（問大家）是不是？

眾　　嗻！對！

〔宋恩子、吳祥子帶著常四爺、松二爺往外走。

松二爺　（對王利發）看著點我們的鳥籠子！

王利發　您放心，我給送到家裡去！

〔常四爺、松二爺、宋恩子、吳祥子同下。

黃胖子　（唐鐵嘴告以龐太監在此）喲，老爺在這兒哪？聽說要安份兒家，我先給您道喜！

龐太監　等吃喜酒吧！

黃胖子　您賞臉！您賞臉！（下）

〔鄉婦端著空碗進來，往櫃上放。小妞跟進來。

小　妞　媽！我還餓！

王利發　唉！出去吧！

鄉　婦　走吧，乖！

小　妞　不賣妞妞啦？媽！不賣啦？媽！

鄉　婦　乖！（哭著，攜小妞下）

（康六帶著康順子進來，立在櫃檯前。）

康　六　姑娘！順子！爸爸不是人，是畜生！可你叫我怎辦呢？你不找個吃飯的地方，你餓死！我不弄到手幾兩銀子，就得叫東家活活地打死！你呀，順子，認命吧，積德吧！

康順子　我，我……（說不出話來）

劉麻子　（跑過來）你們回來啦？點頭啦？好！來見見總管！給總管磕頭！

康順子　我……（要暈倒）

康　六　（扶住女兒）順子！順子！

劉麻子　怎麼啦？

康　六　又餓又氣，昏過去了！順子！順子！

龐太監　就要活的，可不要死的！

〔靜場

茶客甲　（正與乙下象棋）將！你完啦！

——幕落

第二幕

時間 與前幕相隔十餘年，現在是袁世凱死後，帝國主義指使中國軍閥進行割據，時時發動內戰的時候。初夏，上午。

人物 王淑芬、報童、康順子、李三、常四爺、康大力、王利發、松二爺、老林、難民數人、宋恩子、老陳、巡警、吳祥子、崔久峰、押大令的兵七人、公寓住客二、三人、軍官、唐鐵嘴、劉麻子、大兵三、五人。

地點 同前幕。

〔幕啟：北京城內的大茶館已先後相繼關了門。「裕泰」是碩果僅存的一家了，可是為避免被淘汰，它已改變了樣子與作風。現在，它的前部仍然賣茶，後部卻改成了公寓。前部只賣茶和瓜子什麼的；「爛肉麵」等等已成為歷史名詞。廚房挪到後邊去，專包公寓住客的伙食。茶座也大加改良：一律是小桌與籐椅，桌上鋪著淺綠桌布。牆上的「醉八仙」大畫，連財神龕，均已撤去，代以時裝美人——外國香煙公司的廣告畫。「莫談國事」的紙條可是保存了下來，而且字寫的更大。王利發真像個「聖之時者也」，不但沒使「裕泰」滅亡，而且使它有了新的發展。

〔因為修理門面，茶館停了幾天營業，預備明天開張。王淑芬正和李三忙著佈置，把桌椅移了又移，擺了又擺，以期盡善盡美。

〔王淑芬梳時行的圓髻，而李三卻還帶著小辮兒。

〔二、三學生由後面來，與他們打招呼，出去。

王淑芬 （看李三的辮子礙事）三爺，咱們的茶館改了良，你的小辮兒也該剪了吧？

李　三　改良！改良！越改越涼，冰涼！

王淑芬　也不能那麼說！三爺你看，聽說西直門的德泰，北新橋的廣泰，鼓樓前的天泰，這些大茶館全先後腳兒關了門！只有咱們裕泰還開著，為什麼？不是因為拴子的爸爸懂得改良嗎？

李　三　哼！皇上沒啦，總算大改良吧？可是改來改去，袁世凱還是要作皇上。袁世凱死後，天下大亂，今兒個打炮，明兒個關城，改良？哼！我還留著我的小辮兒，萬一把皇上改回來呢！

王淑芬　別頑固啦，三爺！人家給咱們改了民國，咱們還能不隨著走嗎？你看，咱們這麼一收拾，不比以前乾淨，好看？專招待文明人，不更體面？可是，你要還帶著小辮兒，看著多麼不順眼哪！

李　三　太太，你覺得不順眼，我還不順心呢！

王淑芬　喲，你不順心？怎麼？

李　三　你還不明白？前面茶館，後面公寓，全仗著掌櫃的跟我兩個人，無論怎麼說，也忙不過來呀！

王淑芬　前面的事歸他，後面的事不是還有我幫助你嗎？

李　三　就算有你幫助，打掃二十來間屋子，侍候二十多人的伙食，還要沏茶灌水，買東西送信，問問你自己，受得了受不了！

王淑芬　三爺，你說的對！可是呀，這兵荒馬亂的年月，能有個事兒作也就得唸佛！咱們都得忍著點！

李　三　我幹不了！天天睡四、五個鐘頭的覺，誰也不是鐵打的！

王淑芬　唉！三爺，這年月誰也舒服不了！你等著，大拴子暑假就高小畢業，二拴子也快長起來，他們一有用處，咱們可就清閒點啦。從老王掌櫃在世的時候，你就幫助我們，老朋友，老夥計啦！

〔王利發老氣橫秋地從後面進來。

李　三　老夥計？二十多年了，他們可給我長過工錢？什麼都改良，為什麼工錢不跟著改良呢？

王利發　喲！你這是什麼話呀？咱們的買賣要是越作越好，我能不給你長工錢嗎？得了，明天咱們開張，取個吉利，先別吵嘴，就這麼辦吧！All right？

李　三　就怎麼辦啦？不改我的良，我幹不下去啦！

〔後面叫：「李三！李三！」

王利發 崔先生叫，你快去！咱們的事，有工夫再細研究！

李　三 哼！

王淑芬 我說，昨天就關了城門，今兒個還說不定關不關，三爺，這裡的事交給掌櫃的，你去買點菜吧！別的不說，鹹菜總得買下點呀！

〔後面又叫：「李三！李三！」

李　三 對，後邊叫，前邊催，把我劈成兩半兒好不好！（忿忿地往後走）

王利發 拴子的媽，他歲數大了點，你可得……

王淑芬 他抱怨了大半天了！可是抱怨的對！當著他，我不便直說；對你，我可得說實話：咱們得添人！

王利發 添人得給工錢，咱們賺得出來嗎？我要是會幹別的，可是還開茶館，我是孫子！

〔遠處隱隱有炮聲。

王利發 聽聽，又他媽的開炮了！你鬧，鬧！明天開得了張才怪！這是怎麼說的！

王淑芬　明白人別說糊塗話，開炮是我鬧的？

王利發　別再瞎扯，幹活兒去！嘿！

王淑芬　早晚不是累死，就得叫炮轟死，我看透了！（慢慢地往後邊走）

王利發　（溫和了些）拴子的媽，甭害怕，開過多少回炮，一回也沒打死咱們，北京城是寶地！

王淑芬　心哪，老跳到嗓子眼裡，寶地！我給三爺拿菜錢去。（下）

〔一群男女難民在門外央告。

難　民　掌櫃的，行行好，可憐可憐吧！

王利發　走吧，我這兒不打發，還沒開張！

難　民　可憐可憐吧！我們都是逃難的！

王利發　別耽誤工夫！我自己還顧不了自己呢！

〔巡警上。

巡　警　走！滾！快著！

〔難民散去。

王利發　怎樣啊？六爺！又打得緊嗎？

巡　警　緊！緊得厲害！仗打得不緊，怎能夠有這麼多難民呢！上面交派下來，你出八十斤大餅，十二點交齊！城裡的兵帶著乾糧，才能出去打仗啊！

王利發　您聖明，我這兒現在光包後面的伙食，不再賣飯，也還沒開張，別說八十斤大餅，一斤也交不出啊！

巡　警　你有你的理由，我有我的命令，你瞧著辦吧！（要走）

王利發　您等等！我這兒千真萬確還沒開張，這您知道！開張以後，還得多麻煩您呢！得啦，您買包茶葉喝吧！（遞鈔票）您多給美言幾句，我感恩不盡！

巡　警　（接票子）我給你說說看，行不行可不保準！

〔三、五個大兵，軍裝破爛，都背著槍，闖進門口。

巡　警　老總們，我這兒正查戶口呢，這兒還沒開張！

大　兵　屌！

巡　警　王掌櫃，孝敬老總們點茶錢，請他們到別處喝去吧！

王利發　老總們，實在對不起，還沒開張，要不然，諸位住在這兒，一定歡迎！（遞鈔票給巡警）

巡　警　（轉遞給兵們）得啦，老總們多原諒，他實在沒法招待諸位！

大　兵　屌！誰要鈔票？要現大洋！

王利發　老總們，讓我哪兒找現洋去呢？

大　兵　屌！揍他個小舅子！

巡　警　快！再添點！

王利發　（掏）老總們，我要是還有一塊，請把房子燒了！（遞鈔票）

大　兵　屌！（接錢下，順手拿走兩塊新桌布）

巡　警　得，我給你擋住了一場大禍！他們不走呀，你就全完，連一個茶碗也剩不下！

王利發　我永遠忘不了您這點好處！

巡　警　可是為這點功勞，你不得另有份意思嗎？

王利發　對！您聖明，我糊塗！可是，您搜我吧，真一個銅子兒也沒有啦！（掀起褂子，讓他搜）您搜！您搜！

巡　警　我幹不過你！明天見，明天還不定是風是雨呢！（下）

王利發　您慢走！（看巡警走去，跺腳）他媽的！打仗，打仗！今天打，明天打，老打，打他媽的什麼呢？

〔唐鐵嘴進來，還是那麼瘦，那麼髒，可是穿著綢子夾袍。

唐鐵嘴　王掌櫃！我來給你道喜！

王利發　（還生著氣）喲！唐先生？我可不再白送茶喝！（打量，有了笑容）你混的不錯呀！穿上綢子啦！

唐鐵嘴　比從前好了一點！我感謝這個年月！

王利發　這個年月還值得感謝！聽著有點不搭調！

唐鐵嘴　年頭越亂，我的生意越好！這年月，誰活著誰死都碰運氣，怎能不多算算命、相相面呢？你說對不對？

王利發　Ｙｅｓ，也有這麼一說！

唐鐵嘴　聽說後面改了公寓，租給我一間屋子，好不好？

王利發　唐先生，你那點嗜好，在我這兒恐怕……

唐鐵嘴　我已經不吃大煙了！

王利發　真的？你可真要發財了！

唐鐵嘴　我改抽「白麵」啦。（指牆上的香煙廣告）你看，哈德門煙是又長又鬆，（掏出煙來表演）一頓就空出一大塊，正好放「白麵兒」。大英帝國的煙，日本的「白麵兒」，兩大強國侍候著我一個人，這點福氣還小嗎？

王利發　福氣不小！不小！可是，我這兒已經住滿了人，什麼時候有了空房，我準給你留著！

唐鐵嘴　你呀，看不起我，怕我給不了房租！

王利發　沒有的事！都是久在街面上混的人，誰能看不起誰呢？這是知心話吧？

唐鐵嘴　你的嘴呀比我的還花哨！

王利發　我可不光要嘴皮子，我的心放得正！這十多年了，你白喝過我多少碗茶？你自己算算！你現在混的不錯，你想著還我茶錢沒有？

唐鐵嘴　趕明兒我一總還給你，那一共才有幾個錢呢！（搭訕著往外走）

〔街上賣報的喊叫：「長辛店大戰的新聞，買報瞧，瞧長辛店大戰的新聞！」報童向內探頭。

報　童　掌櫃的，長辛店大戰的新聞，來一張瞧瞧？

王利發　有不打仗的新聞沒有？

報　童　也許有，您自己找！

王利發　走！不瞧！

報　童　掌櫃的，你不瞧也照樣打仗！（對唐鐵嘴）先生，您照顧照顧？

唐鐵嘴　我不像他，（指王利發）我最關心國事！（拿了一張報，沒給錢即走）

〔報童追唐鐵嘴下。

王利發　（自言自語）長辛店！長辛店！離這裡不遠啦！（喊）三爺，三爺！你倒是抓早兒買點菜去呀，待一會兒準關城門，就什麼也買不到啦！嘿！（聽後面沒人應聲，含怒往後跑）

〔常四爺提著一串醃蘿蔔，兩隻雞，走進來。

常四爺　王掌櫃！

王利發　誰？喲，四爺！您幹什麼哪？

常四爺　我賣菜呢！自食其力，不含糊！今兒個城外頭亂亂鬨哄，買不到菜；東抓西抓，抓到這麼兩隻雞，幾斤老醃蘿蔔。聽說你明天開張，也許用的著，特意給你送來了！

王利發　我謝謝您！我這兒正沒有轍呢！

常四爺　（四下裡看）好啊！好啊！收拾得好啊！大茶館全關了，就是你有心路，能隨機應變地改良！

王利發　別誇獎我啦！我盡力而為，可就怕天下老這麼亂七八糟！

常四爺　像我這樣的人算是坐不起這樣的茶館嘍！

〔松二爺走進來，穿的很寒酸，可是還提著鳥籠。

松二爺　王掌櫃！聽說明天開張，我來道喜！（看見常四爺）哎喲！四爺，可想死我嘍！

常四爺　二哥！你好哇？

王利發　都坐下吧！

松二爺　王掌櫃，你好？太太好？少爺好？生意好？

王利發　（一勁兒說）好！託福！（提起雞與鹹菜）四爺，多少錢？
常四爺　瞧著給，該給多少給多少！
王利發　對！我給你們弄壺茶來！（提物到後面去）
松二爺　四爺，你，你怎麼樣啊？
常四爺　賣青菜哪！鐵桿莊稼沒有啦，還不賣膀子力氣嗎？二爺，您怎麼樣啊？
松二爺　怎麼樣？我想大哭一場！看見我這身衣裳沒有？我還像個人嗎？
常四爺　二哥，您能寫能算，難道找不到點事兒作？
松二爺　嘸！誰願意瞪著眼挨餓呢！可是，誰要咱們旗人呢！想起來呀，大清國不一定好啊，可是到了民國，我挨了餓！
王利發　（端著一壺茶回來。給常四爺錢）不知道您花了多少，我就給這麼點吧！
常四爺　（接錢，沒看，揣在懷裡）沒關係！
王利發　二爺，（指鳥籠）還是黃鳥吧？哨的怎樣？

松二爺　嘸，還是黃鳥！我餓著，也不能叫鳥兒餓著！（有了點精神）你看看，看看，（打開罩子）多麼體面！一看見牠呀，我就捨不得死啦！

王利發　松二爺，不准說死！有那麼一天，您還會走一步好運！

常四爺　二哥，走！找個地方喝兩盅兒去！一醉解千愁！王掌櫃，我可就不讓你啦，沒有那麼多的錢！

王利發　我也分不開身，就不陪了！

〔常四爺、松二爺正往外走，宋恩子和吳祥子進來。他們倆仍穿灰色大衫，但袖口瘦了，而且罩上青布馬褂。

松二爺　（看清楚是他們，不由地上前請安）原來是你們二位爺！

〔王利發似乎受了松二爺的感染，也請安，弄得二人愣住了。

宋恩子　這是怎麼啦？民國好幾年了，怎麼還請安？你們不會鞠躬嗎？

松二爺　我看見您二位的灰大褂呀，就想起了前清的事兒！不能不請安！

王利發　我也那樣！我覺得請安比鞠躬更過癮！

吳祥子　哈哈哈哈！松二爺，你們的鐵桿莊稼不行了，我們的灰色大褂反倒成了鐵桿莊稼，哈哈哈！（看見常四爺）這不是常四爺嗎？

常四爺　是呀，您的眼力不錯！戊戌年我就在這兒說了句「大清國要完」，叫您二位給抓了走，坐了一年多的牢！

宋恩子　您的記性可也不錯！混的還好吧？

常四爺　託福！從牢裡出來，不久就趕上庚子年；扶清滅洋，我當了義和團，跟洋人打了幾仗！鬧來鬧去，大清國到底是亡了，該亡！我是旗人，可是我得說公道話！現在，每天起五更弄一挑子青菜，繞到十點來鐘就賣光。憑力氣掙飯吃，我的身上更有勁了！什麼時候洋人敢再動兵，我姓常的還準備跟他們打仗呢！我是旗人，旗人也是中國人哪！您二位怎麼樣？

吳祥子　瞎混唄！有皇上的時候，我們給皇上效力，有袁大總統的時候，我們給袁大總統效力，現而今，宋恩子，該怎麼說啦？

宋恩子　誰給飯吃，咱們給誰效力！

常四爺　要是洋人給飯吃呢？

松二爺　四爺，咱們走吧！

吳祥子　告訴你，常四爺，要我們效力的都仗著洋人撐腰！沒有洋槍洋炮，怎能夠打起仗來呢？
松二爺　您說的對！嗻！四爺，走吧！
常四爺　再見吧，二位，盼著你們快快陞官發財！（同松二爺下）
宋恩子　這小子！
王利發　（倒茶）常四爺老是那麼又倔又硬，別計較他！（讓茶）二位喝碗吧，剛沏好的。
宋恩子　後面住著的都是什麼人？
王利發　多半是大學生，還有幾位熟人。我有登記簿子，隨時報告給「巡警閣子」。我拿來，二位看看？
吳祥子　我們不看簿子，看人！
王利發　您甭看，準保都是靠得住的人！
宋恩子　你為什麼愛租學生們呢？學生不是什麼老實傢伙呀！
王利發　這年月，作官的今天上任，明天撤職，作買賣的今天開市，明天關門，都不可靠！只有學生有錢，能夠按月交房租，沒錢的就上不了大學啊！您看，是這麼一筆賬不是？

宋恩子 都叫你咂摸透了！你想的對！現在，連我們也欠餉啊！

吳祥子 是呀，所以非天天拿人不可，好得點津貼！

宋恩子 就仗著有錯拿，沒錯放的，拿住人就有津貼！走吧，到後邊看看去！

吳祥子 走！

王利發 二位，二位！您放心，準保沒錯兒！

宋恩子 不看，拿不到人，誰給我們津貼呢？

吳祥子 王掌櫃不願意咱們看，王掌櫃必會給咱們想辦法！咱們得給王掌櫃留個面子！對吧？王掌櫃！

王利發 我……

宋恩子 我出個不很高明的主意：乾脆來個包月，每月一號，按陽曆算，你把那點……

吳祥子 那點意思！

宋恩子 對，那點意思送到，你省事，我們也省事！

王利發　那點意思得多少呢？

吳祥子　多年的交情，你看著辦！你聰明，還能把那點意思鬧成不好意思嗎？

李　三　（提著菜筐由後面出來）喝，二位爺！（請安）今兒個又得關城門吧！（沒等回答，往外走）

〔二、三學生匆匆地回來。

學　生　三爺，先別出去，街上抓案呢！（往後面走去）

李　三　（還往外走）抓去也好，在哪兒也是當苦力！

〔劉麻子丟了魂似的跑來，和李三碰了個滿懷。

李　三　怎麼回事呀？嚇掉了魂兒啦！

劉麻子　（喘著）別，別，別出去！我差點叫他們抓了去！

王利發　三爺，等一等吧！

李　三　午飯怎麼開呢？

王利發　跟大家說一聲，中午鹹菜飯，沒別的辦法！晚上吃那兩隻雞！

李　三　好吧！（往回走）

劉麻子　我的媽呀，嚇死我啦！

宋恩子　你活著，也不過多買賣幾個大姑娘！

劉麻子　有人賣，有人買，我不過在中間幫幫忙，能怪我嗎？（把桌上的三個茶杯的茶先後喝淨）

吳祥子　我可是告訴你，我們哥兒們從前清起就專辦革命黨，不大愛管販賣人口，拐帶婦女什麼的臭事。可是你要叫我們碰見，我們也不再睜一眼閉一眼！還有，像你這樣的人，弄進去，準鎖在尿桶上！

劉麻子　二位爺，別那麼說呀！我不是也快挨餓了嗎？您看，以前，我走八旗老爺們、宮裡太監們的門子。這麼一革命啊，可苦了我啦！現在，人家總長次長，團長師長，要娶姨太太講究要唱落子的坤角，戲班裡的女名角，一花就三千五千現大洋！我乾瞧著，摸不著門！我那點芝麻粒大的生意算得了什麼呢？

宋恩子　你呀，非鎖在尿桶上，不會說好的！

劉麻子　得啦，今天我孝敬不了二位，改天我必有一份兒人心！

吳祥子　你今天就有買賣，要不然，兵荒馬亂的，你不會出來！

劉麻子　沒有！沒有！

宋恩子　你嘴裡半句實話也沒有！不對我們說真話，沒有你的好處！王掌櫃，我們出去繞繞；下月一號，按陽曆算，別忘了！

王利發　我忘了姓什麼，也忘不了您二位這回事！

吳祥子　一言為定啦！（同宋恩子下）

王利發　劉爺，茶喝夠了吧？該出去活動活動！

劉麻子　你忙你的，我在這兒等兩個朋友。

王利發　咱們可把話說開了，從今以後，你不能再在這兒作你的生意，這兒現在改了良，文明啦！

（康順子提著個小包，帶著康大力，往裏邊探頭。）

康大力　是這裡嗎？

康順子　地方對呀，怎麼改了樣兒？（進來，細看，看見了劉麻子）大力，進來，是這兒！

康大力　找對啦？媽！

康順子　沒錯兒！有他在這兒，不會錯！

王利發　您找誰？

康順子　（不語，直奔過劉麻子去）劉麻子，你還認識我嗎？（要打，但是伸不出手去，一勁地顫抖）你，你，你個……（要罵，也感到困難）

劉麻子　你這個娘兒們，無緣無故地跟我搗什麼亂呢？

康順子　（掙扎）無緣無故？你，你看看我是誰？一個男子漢，幹什麼吃不了飯，偏幹傷天害理的事！呸！呸！

王利發　這位大嫂，有話好好說！

康順子　你是掌櫃的？你忘了嗎？十幾年前，有個娶媳婦的太監？

王利發　您，您就是龐太監的那個……

康順子　都是他（指劉麻子）作的好事，我今天跟他算算賬！（又要打，仍未成功）

劉麻子　（躲）你敢！你敢！我好男不跟女鬥！（隨說隨往後退）我，我找人來幫我說說理！（撤腿往後面跑）

王利發　（對康順子）大嫂，你坐下，有話慢慢說！龐太監呢？

康順子　（坐下喘氣）死啦。叫他的侄子們給餓死的。一改民國呀，他還有錢，可沒了勢力，所以侄子們敢欺負他。他一死，他的侄子們把我們轟出來了，連一床被子都沒給我們！
王利發　這，這是……？
康順子　我的兒子！
王利發　您的……？
康順子　也是買來的，給太監當兒子。
康大力　媽！你爸爸當初就在這兒賣了你的？
康順子　對了，乖！就是這兒，一進這兒的門，我就暈過去了，我永遠忘不了這個地方！
康大力　我可不記得我爸爸在哪裡賣了我的！
康順子　那時候，你不是才一歲嗎？媽媽把你養大了的，你跟媽媽一條心，對不對？乖！
康大力　那個老東西，掐你，擰你，咬你，還用煙簽子扎我！他們人多，咱們打不過他們！要不是你，媽，我準叫他們給打死了！

康順子　對！他們人多，咱們又太老實！你看，看見劉麻子，我想咬他幾口，可是，可是，連一個嘴巴也沒打上，我伸不出手去！

康大力　媽，等我長大了，我幫助你打！我不知道親媽媽是誰，你就是我的親媽媽！

康順子　好！好！咱們永遠在一塊兒，我去掙錢，你去唸書！（稍愣了一會兒）掌櫃的，當初我在這兒叫人買了去，咱們總算有緣，你能不能幫幫忙，給我找點事作？我餓死不要緊，可不能餓死這個無倚無靠的好孩子！

〔王淑芬出來，立在後邊聽著。

王利發　你會幹什麼呢？

康順子　洗洗涮涮、縫縫補補、作家常飯，都會！我是鄉下人，我能吃苦，只要不再作太監的老婆，什麼苦處都是甜的！

王利發　要多少錢呢？

康順子　有三頓飯吃，有個地方睡覺，夠大力上學的，就行！

王利發　好吧，我慢慢給你打聽著！你看，十多年前那回事，我到今天還沒忘，想起來心裡就不痛快！

康順子　可是，現在我們母子上哪兒去呢？

王利發　回鄉下找你的老父親去！

康順子　他？他是活是死，我不知道。就是活著，我也不能去找他！他對不起女兒，女兒也不必再叫他爸爸！

王利發　馬上就找事，可不大容易！

王淑芬　（過來）她能洗能作，又不多要錢，我留下她了！

王利發　你？

王淑芬　難道我不是內掌櫃的？難道我跟李三爺就該累死？

康順子　掌櫃的，試試我！看我不行，您說話，我走！

王淑芬　大嫂，跟我來！

康順子　當初我是在這兒賣出去的，現在就拿這兒當作娘家吧！大力，來吧！

康大力　掌櫃的，你要不打我呀，我會幫助媽媽幹活兒！（同王淑芬、康

順子下）

王利發 好傢伙，一添就是兩張嘴！太監取消了，可把太監的家眷交到這裡來了！

李　三 （掩護著劉麻子出來）快走吧！（回去）

王利發 就走吧，還等著真挨兩個脆的嗎？

劉麻子 我不是說過了嗎，等兩個朋友？

王利發 你呀，叫我說什麼才好呢！

劉麻子 有什麼法子呢！隔行如隔山，你老得開茶館，我老得幹我這一行！到什麼時候，我也得幹我這一行！

〔老林和老陳滿面笑容地走進來。

劉麻子 （二人都比他年輕，他卻稱呼他們哥哥）林大哥，陳二哥！（看王不滿意，趕緊說）王掌櫃，這兒現在沒有人，我借個光，下不為例！

王利發 她（指後邊）可是還在這兒呢！

劉麻子 不要緊了，她不會打人！就是真打，他們二位也會幫助我！

王利發　你呀！哼！（到後邊去）

劉麻子　坐下吧，談談！

老　林　你說吧！老二！

老　陳　你說吧！哥！

劉麻子　誰說不一樣啊！

老　陳　你說吧，你是大哥！

老　林　那個，你看，我們倆是把兄弟！

老　陳　對！把兄弟，兩個人穿一條褲子的交情！

老　林　他有幾塊現大洋！

劉麻子　現大洋？

老　陳　林大哥也有幾塊現大洋！

劉麻子　一共多少塊呢？說個數目！

老　林　那，還不能告訴你咧！

老　陳　事兒能辦才說咧！

劉麻子　有現大洋，沒有辦不了的事！

老林　真的？
老陳
劉麻子　說假話是孫子！
老林　那麼，你說吧，老二！
老陳　還是你說，哥！
老林　你看，我們是兩個人吧？
劉麻子　嗯！
老陳　兩個人穿一條褲子的交情吧？
劉麻子　嗯！
老林　沒人恥笑我們的交情吧？
劉麻子　交情嘛，沒人恥笑！
老陳　也沒人恥笑三個人的交情吧？
劉麻子　三個人？都是誰？
老林　還有個娘兒們！

劉麻子　嗯！嗯！嗯！我明白了！可是不好辦，我沒辦過！你看，平常都說小兩口兒，哪有小三口兒的呢！

老　林　不好辦？

劉麻子　太不好辦啦！

老　林　（問老陳）你看呢？

老　陳　還能白拉倒嗎？

老　林　不能拉倒！當了十幾年兵，連半個媳婦都娶不上！他媽的！

劉麻子　不能拉倒，咱們再想想！你們到底一共有多少塊現大洋？

（王利發和崔久峰由後面慢慢走來。劉麻子等停止談話。

王利發　崔先生，昨天秦二爺派人來請您，您怎麼不去呢？您這麼有學問，上知天文，下知地理，又作過國會議員，可是住在我這裡，天天唸經；幹嗎不出去作點事呢？您這樣的好人，應當出去作官！有您這樣的清官，我們小民才能過太平日子！

崔久峰　慚愧！慚愧！作過國會議員，那真是造孽呀！革命有什麼用呢，不過自誤誤人而已！唉！現在我只能修持，懺悔！

王利發　您看秦二爺，他又辦工廠，又忙著開銀號！

崔久峰　辦了工廠、銀號又怎麼樣呢？他說實業救國，他救了誰？救了他自己，他越來越有錢了！可是他那點事業，哼，外國人伸出一個小指頭，就把他推倒在地，再也起不來！

王利發　您別這麼說呀！難道咱們就一點盼望也沒有了嗎？

崔久峰　難說！很難說！你看，今天王大帥打李大帥，明天趙大帥又打王大帥。是誰叫他們打的？

王利發　誰？哪個混蛋？

崔久峰　洋人！

王利發　洋人？我不能明白！

崔久峰　慢慢地你就明白了。有那麼一天，你我都得作亡國奴！我幹過革命，我的話不是隨便說的！

王利發　那麼，您就不想想主意，賣賣力氣，別叫大家作亡國奴？

崔久峰　我年輕的時候，以天下為己任，的確那麼想過！現在，我可看透了，中國非亡不可！

王利發　那也得死馬當活馬治呀！

崔久峰　死馬當活馬治？那是妄想！死馬不能再活，活馬可早晚得死！好啦，我到弘濟寺去，秦二爺再派人來找我，你就說，我只會唸經，不會幹別的！（下）

（宋恩子、吳祥子又回來了。）

王利發　二位！有什麼消息沒有？

（宋恩子、吳祥子不語，坐在靠近門口的地方，看著劉麻子等。）

（劉麻子不知如何是好，低下頭去。）

（老陳、老林也不知如何是好，相視無言。）

（靜默了有一分鐘。）

老　陳　哥，走吧？

老　林　走！

宋恩子　等等！（立起來，擋住路）

老　陳　怎麼啦？

吳祥子　（也立起）你說怎麼啦？

〔四人呆呆相視一會兒。

宋恩子　乖乖地跟我們走！

老　林　上哪兒？

吳祥子　逃兵，是吧？有些塊現大洋，想在北京藏起來，是吧？有錢就藏起來，沒錢就當土匪，是吧？

老　陳　你管得著嗎？我一個人揍你這樣的八個。（要打）

宋恩子　你？可惜你把槍賣了，是吧？沒有槍的幹不過有槍的，是吧？（拍了拍身上的槍）我一個人揍你這樣的八個！

老　林　都是弟兄，何必呢？都是弟兄！

吳祥子　對啦！坐下談談吧！你們是要命呢？還是要現大洋？

老　陳　我們那點錢來的不容易！誰發餉，我們給誰打仗，我們打過多少次仗啊！

宋恩子　逃兵的罪過，你們可也不是不知道！

老　林　咱們講講吧，誰叫咱們是弟兄呢！

吳祥子　這像句自己人的話！談談吧！

王利發　（在門口）諸位，大令過來了！

老　陳
老　林　啊！（驚惶失措，要往裏邊跑）

宋恩子　別動！君子一言：把現大洋分給我們一半，保你們倆沒事！咱們是自己人！

老　陳
老　林　就那麼辦！自己人！

〔「大令」進來：二捧刀——刀纏紅布——背槍者前導，手捧令箭的在中，四持黑紅棍者在後。軍官在最後押隊。

吳祥子　（和宋恩子、老林、老陳一齊立正，從帽中取出證章，軍官看）報告官長，我們正在這兒盤查一個逃兵。

軍　官　就是他嗎？（指劉麻子）

吳祥子　（指劉麻子）就是他！

軍　官　綁！

劉麻子　（喊）老爺！我不是！不是！

軍　官　綁！（同下）

吳祥子　（對宋恩子）到後面抓兩個學生！

宋恩子　走！（同往後疾走）

——幕落

第三幕

時　間　抗日戰爭勝利後，國民黨特務和美國兵在北京橫行的時候。秋，清晨。

人　物　王大拴、明師傅、于厚齋、周秀花、鄒福遠、小宋恩子、王小花、衛福喜、小吳祥子、康順子、方六、常四爺、丁寶、車噹噹、秦仲義、王利發、龐四奶奶、小心眼、茶客甲、乙、春、梅、沈處長、小劉麻子、老楊、憲兵四人、取電燈費的、小二德子、小唐鐵嘴、謝勇仁。

地　點　同前幕。

〔幕啟：現在，裕泰茶館的樣子可不像前幕那麼體面了。藤椅已不見，代以小凳與條凳。自房屋至傢俱都顯著暗淡無光。假若有什麼突出惹眼的東西，那就是「莫談國事」的紙條更多，字也更大了。在這些條子旁邊還貼著「茶錢先付」的新紙條。

〔一清早，還沒有下窗板。王利發的兒子王大拴，垂頭喪氣地獨自收拾屋子。

〔王大拴的妻周秀花，領著小女兒王小花，由後面出來。她們一邊走一邊說話兒。

王小花　媽，晌午給我作點熱湯麵吧！好多天沒吃過啦！

周秀花　我知道，乖！可誰知道買得著麵買不著呢！就是糧食店裡可巧有麵，誰知道咱們有錢沒有呢！唉！

王小花　就盼著兩樣都有吧！媽！

周秀花　你倒想得好，可哪能那麼容易！去吧，小花，在路上留神吉普車！

王大拴　小花，等等！

王小花　幹嗎？爸！

王大拴　昨天晚上……

周秀花　我已經囑咐過她了！她懂事！

王大拴　你大力叔叔的事萬不可對別人說呀！說了，咱們全家都得死！明白吧？

王小花　我不說，打死我也不說！有人問我大力叔叔回來過沒有，我就說：他走了好幾年，一點消息也沒有！

（康順子由後面走來。她的腰有點彎，但還硬朗。她一邊走一邊叫王小花。）

康順子　小花！小花！還沒走哪？

王小花　康婆婆，幹嗎呀？

康順子　小花，乖！婆婆再看你一眼！（撫弄王小花的頭）多體面哪！吃的不足啊，要不然還得更好看呢！

周秀花　大嬸，您是要走吧？

康順子　是呀！我走，好讓你們省點嚼穀呀！大力是我拉扯大的，他叫我走，我怎能不走呢？當初，我剛到這裡的時候，他還沒有小花這麼高呢！

王小花　看大力叔叔現在多麼壯實，多麼大氣！

康順子　是呀，雖然他只在這兒坐了一袋煙的工夫呀，可是叫我年輕了好幾歲！我本來什麼也沒有，一見著他呀，好像忽然間我什麼都有啦！我走，跟著他走，受什麼累，吃什麼苦，也是香甜的！看他那兩隻大手，那兩隻大腳，簡直是個頂天立地的男子漢！

王小花　婆婆，我也跟您去！

康順子　小花，你乖乖地去上學，我會回來看你！

王大拴　小花，上學吧，別遲到！

王小花　婆婆，等我下了學您再走！

康順子　哎！哎！去吧，乖！（王小花下）

王大拴　大嬸，我爸爸叫您走嗎？

康順子　他還沒打好了主意。我倒怕呀，大力回來的事兒萬一叫人家知道了啊，我又忽然這麼一走，也許要連累了你們！這年月不是天天抓人嗎？我不能作對不起你們的事！

周秀花　大嬸，您走您的，誰逃出去誰得活命！喝茶的不是常低聲兒說：想要活命得上西山嗎？

王大拴　對！

康順子　小花的媽，來吧，咱們再商量商量！我不能專顧自己，叫你們吃虧！老大，你也好好想想！（同周秀花下）

（丁寶進來。）

丁　寶　嗨，掌櫃的，我來啦！

王大拴　你是誰？

丁　寶　小丁寶！小劉麻子叫我來的，他說這兒的老掌櫃托他請個女招待。

王大拴　姑娘，你看看，這麼個破茶館，能用女招待嗎？我們老掌櫃呀，窮得亂出主意！

（王利發慢慢地走出來，他還硬朗，穿的可很不整齊。

王利發　老大，你怎麼老在背後褒貶老人呢？誰窮得亂出主意呀？下板子去！什麼時候了，還不開門！

〔王大拴去下窗板。

丁寶　老掌櫃，你硬朗啊？

王利發　嗯！要有炸醬麵的話，我還能吃三大碗呢，可惜沒有！十幾了？姑娘！

丁寶　十七！

王利發　才十七？

丁寶　是呀！媽媽是寡婦，帶著我過日子。勝利以後呀，政府硬說我爸爸給我們留下的一所小房子是逆產，給沒收啦！媽媽氣死了，我作了女招待！老掌櫃，我到今天還不明白什麼叫逆產，您知道嗎？

王利發　姑娘，說話留點神！一句話說錯了，什麼都可以變成逆產！你看，這後邊呀，是秦二爺的倉庫，有人一瞪眼，說是逆產，就給沒收啦！就是這麼一回事！

〔王大拴回來。

丁　寶　老掌櫃，您說對了！連我也是逆產，誰的胳臂粗，我就得侍候誰！他媽的，我才十七，就常想還不如死了呢！死了落個整屍首，幹這一行，活著身上就爛了！

王大拴　爸，您真想要女招待嗎？

王利發　我跟小劉麻子瞎聊來著！我一輩子老愛改良，看著生意這麼不好，我著急！

王大拴　您著急，我也著急！可是，您就忘記老裕泰這個老字號了嗎？六十多年的老字號，用女招待？

丁　寶　什麼老字號啊！越老越不值錢！不信，我現在要是二十八歲，就是叫小小丁寶，小丁寶貝，也沒人看我一眼！

〔茶客甲、乙上。

王利發　二位早班兒！帶著葉子哪？老大拿開水去！（王大拴下）二位，對不起，茶錢先付！

茶客甲　沒聽說過！

王利發　我開過幾十年茶館，也沒聽說過！可是，您聖明：茶葉、煤球兒都一會兒一個價錢，也許您正喝著茶，茶葉又長了價錢！您看，先收茶錢不是省得麻煩嗎？

茶客乙　我看哪，不喝更省事！（同茶客甲下）

王大拴　（提來開水）怎麼？走啦！

王利發　這你就明白了！

丁　寶　我要是過去說一聲：「來了？小子！」他們準給一塊現大洋！

王利發　你呀，老大，比石頭還頑固！

王大拴　（放下壺）好吧，我出去蹓躂蹓躂，這裡出不來氣！（下）

王利發　你出不來氣，我還憋得慌呢！

〔小劉麻子上，穿著洋服，夾著皮包。

小劉麻子　小丁寶，你來啦？

丁　寶　有你的話，誰敢不來呀！

小劉麻子　王掌櫃，看我給你找來的小寶貝怎樣？人材、歲數、打扮、經驗，樣樣出色！

王利發　就怕我用不起吧？

小劉麻子　沒的事！她不要工錢！是吧，小丁寶？

王利發　不要工錢？

小劉麻子　老頭兒，你都甭管，全聽我的，我跟小丁寶有我們一套辦法！是吧，小丁寶？

丁　寶　要是沒你那一套辦法，怎會缺德呢！

小劉麻子　缺德？你算說對了！當初，我爸爸就是由這兒綁出去的；不信，你問王掌櫃。是吧，王掌櫃？

王利發　我親眼得見！

小劉麻子　你看，小丁寶，我不亂吹吧？綁出去，就在馬路中間，磕喳一刀！是吧，老掌櫃？

王利發　聽得真真的！

小劉麻子　我不說假話吧？小丁寶！可是，我爸爸到底差點事，一輩子混的並不怎樣。輪到我自己出頭露面了，我必得幹的特別出色。（打開皮包，拿出計劃書）看，小丁寶，看看我的計劃！

丁　　寶　我沒那麼大的工夫！我看哪，我該回家，休息一天，明天來上工。

王利發　丁寶，我還沒想好呢！

小劉麻子　王掌櫃，我都替你想好啦！不信，你等著看，明天早上，小丁寶在門口兒歪著頭那麼一站，馬上就進來二百多茶座兒！小丁寶，你聽聽我的計劃，跟你有關係。

丁　　寶　哼！但願跟我沒關係！

小劉麻子　你呀，小丁寶，不夠積極！聽著……

（取電燈費的進來。

取電燈費的　掌櫃的，電燈費！

王利發　電燈費？欠幾個月的啦？

取電燈費的　三個月的！

王利發　再等三個月，湊半年，我也還是沒辦法！

取電燈費的　那像什麼話呢？

小劉麻子 地道真話嘛！這兒屬沈處長管。知道沈處長吧？市黨部的委員，憲兵司令部的處長！您願意收他的電費嗎？說！

取電燈費的 什麼話呢，當然不收！對不起，我走錯了門兒！（下）

小劉麻子 看，王掌櫃，你不聽我的行不行？你那套光緒年的辦法太守舊了！

王利發 對！要不怎麼說，人要活到老學到老呢！我還得多學！

小劉麻子 就是嘛！

（小唐鐵嘴進來，穿著綢子夾袍，新緞鞋。）

小劉麻子 哎喲，他媽的是你，小唐鐵嘴！

小唐鐵嘴 哎喲，他媽的是你，小劉麻子！來，叫爺爺看看！（看前看後）你小子行，洋服穿的像那麼一回事，由後邊看哪，你比洋人還更像洋人！老王掌櫃，我夜觀天象，紫微星發亮，不久必有真龍天子出現，所以你看我跟小劉麻子，和這位……

小劉麻子 小丁寶，九城聞名！

小唐鐵嘴　……和這位小丁寶，才都這麼才貌雙全，文武帶打，我們是應運而生，活在這個時代，真是如魚得水！老掌櫃，把臉轉正了，我看看！好，好，印堂發亮，還有一步好運！來吧，給我碗喝吧！

王利發　小唐鐵嘴！

小唐鐵嘴　別再叫唐鐵嘴，我現在叫唐天師！

小劉麻子　誰封你作了天師？

小唐鐵嘴　待兩天你就知道了。

王利發　天師，可別忘了，你爸爸白喝了我一輩子的茶，這可不能世襲！

小唐鐵嘴　王掌櫃，等我穿上八卦仙衣的時候，你會後悔剛才說了什麼！你等著吧！

小劉麻子　小唐，待會兒我請你去喝咖啡，小丁寶作陪，你先聽我說點正經事，好不好？

小唐鐵嘴　王掌櫃，你就不想想，天師今天白喝你點茶，將來會給你個縣知事作作嗎？好吧，小劉你說！

小劉麻子 我這兒剛跟小丁寶說，我有個偉大的計劃！

小唐鐵嘴 好！洗耳恭聽！

小劉麻子 我要組織一個「拖拉撕」。這是個美國字，也許你不懂，翻成北京話就是「包圓兒」。

小唐鐵嘴 我懂！就是說，所有的姑娘全由你包辦。

小劉麻子 對！你的腦力不壞！小丁寶，聽著，這跟你有密切關係！甚至於跟王掌櫃也有關係！

王　利　發 我這兒聽著呢！

小劉麻子 我要把舞女、明娼、暗娼、吉普女郎和女招待全組織起來，成立那麼一個大「拖拉撕」。

小唐鐵嘴 （閉著眼問）官方上疏通好了沒有？

小劉麻子 當然！沈處長作董事長，我當總經理！

小唐鐵嘴 我呢？

小劉麻子 你要是能琢磨出個好名字來，請你作顧問！

小唐鐵嘴　車馬費不要法幣！
小劉麻子　每月送幾塊美鈔！
小唐鐵嘴　往下說！
小劉麻子　業務方面包括：買賣部、轉運部、訓練部、供應部，四大部。誰買姑娘，還是誰賣姑娘；由上海調運到天津，還是由漢口調運到重慶；訓練吉普女郎，還是訓練女招待；是供應美國軍隊，還是各級官員，都由公司統一承辦，保證人人滿意。你看怎樣？
小唐鐵嘴　太好！太好！在道理上，這合乎統制一切的原則。在實際上，這首先能滿足美國兵的需要，對國家有利！
小劉麻子　好吧，你就給想個好名字吧！想個文雅的，像「柳葉眉，杏核眼，櫻桃小口一點點」那種詩那麼文雅的！
小唐鐵嘴　嗯——「拖拉撕」，「拖拉撕」……不雅！拖進來，拉進來，不聽話就撕成兩半兒，倒好像是綁票兒撕票兒，不雅！
小劉麻子　對，是不大雅！可那是美國字，吃香啊！

小唐鐵嘴 還是聯合公司響亮、大方！

小劉麻子 有你這麼一說！什麼聯合公司呢？

丁　寶 缺德公司就挺好！

小劉麻子 小丁寶，談正經事，不許亂說！你好好幹，將來你有作女招待總教官的希望！

小唐鐵嘴 看這個怎樣——花花聯合公司？姑娘是什麼？鮮花嘛！要姑娘就得多花錢，花呀花呀，所以花花！「青是山，綠是水，花花世界」，又有典故，出自《武家坡》！好不好！

小劉麻子 小唐，我謝謝你，謝謝你！（熱烈握手）我馬上找沈處長去研究一下，他一贊成，你的顧問就算當上了！（收拾皮包，要走）

王利發 我說，丁寶的事到底怎麼辦？

小劉麻子 沒告訴你不用管嗎？「拖拉撕」統辦一切，我先在這裡試驗試驗。

丁　寶 你不是說喝咖啡去嗎？

小劉麻子 問小唐去不去？

小唐鐵嘴　你們先去吧，我還在這兒等個人。
小劉麻子　咱們走吧，小丁寶！
丁　　寶　明天見，老掌櫃！再見，天師！（同小劉麻子下）
小唐鐵嘴　王掌櫃，拿報來看看！
王利發　那，我得慢慢地找去。二年前的還許有幾張！
小唐鐵嘴　廢話！
（進來三位茶客：明師傅、鄒福遠和衛福喜。明師傅獨坐，鄒福遠與衛福喜同坐。王利發都認識，向大家點頭。）
王利發　哥兒們，對不起啊，茶錢先付！
明師傅　沒錯兒，老哥哥！
王利發　唉！「茶錢先付」，說著都燙嘴！（忙著沏茶）
鄒福遠　怎樣啊？王掌櫃！晚上還添評書不添啊？
王利發　試驗過了，不行！光費電，不上座兒！
鄒福遠　對！您看，前天我在會仙館，開三俠四義五霸十雄十三傑九老十五小，大破鳳凰山，百鳥朝鳳，棍打鳳腿，您猜上了多少座兒？

王利發　多少？那點書現在除了您，沒有人會說！

鄒福遠　您說的在行！可是，才上了五個人，還有倆聽蹭兒的！

衛福喜　師哥，無論怎麼說，你比我強！我又閒了一個多月啦！

鄒福遠　可誰叫你跳了行，改唱戲了呢？

衛福喜　我有嗓子，有扮相嘛！

鄒福遠　可是上了台，你又不好好地唱！

衛福喜　媽的唱一齣戲，掙不上三個雜合麵餅子的錢，我幹嗎賣力氣呢？我瘋啦？

鄒福遠　唉！福喜，咱們哪，全叫流行歌曲跟《紡棉花》給頂垮嘍！我是這麼看，咱們死，咱們活著，還在其次，頂傷心的是咱們這點玩藝兒，再過幾年都得失傳！咱們對不起祖師爺！常言道：邪不侵正。這年頭就是邪年頭，正經東西全得連根兒爛！

王利發　唉！（轉至明師傅處）明師傅，可老沒來啦！

明師傅　出不來嘍！包監獄裡的伙食呢！

王利發　您！就憑您，辦一、二百桌滿漢全席的手兒，去給他們蒸窩窩頭？

明師傅　那有什麼辦法呢，現而今就是獄裡人多呀！滿漢全席？我連傢伙都賣嘍！

〔方六拿著幾張畫兒進來。

明師傅　六爺，這兒！六爺，那兩桌傢伙怎樣啦？我等錢用！

方　六　明師傅，您挑一張畫兒吧！

明師傅　啊？我要畫兒幹嗎呢？

方　六　這可畫的不錯！六大山人、董弱梅畫的！

明師傅　畫的天好，當不了飯吃啊！

方　六　他把畫兒交給我的時候，直掉眼淚！

明師傅　我把傢伙交給你的時候，也直掉眼淚！

方　六　誰掉眼淚，誰吃燉肉，我都知道！要不怎麼我累心呢！你當是幹我們這一行，專憑打打小鼓就行哪？

明師傅　六爺，人總有顆人心哪，你還能坑老朋友嗎？

方　六　一共不是才兩桌傢伙嗎？小事兒，別再提啦，再提就好像不大懂交情了！

〔車噹噹敲著兩塊洋錢，進來。〕

車噹噹　誰買兩塊？買兩塊吧？天師，照顧照顧？（小唐鐵嘴不語）

王利發　噹噹！別處轉轉吧，我連現洋什麼模樣都忘了！

車噹噹　那，你老人家就細細看看吧！白看，不用買票！（往桌上扔錢）

〔龐四奶奶進來，帶著春梅。龐四奶奶的手上戴滿各種戒指，打扮得像個女妖精。賣雜貨的老楊跟進來。〕

小唐鐵嘴　娘娘！

方　六
車噹噹　娘娘！

龐四奶奶　天師！

小唐鐵嘴　侍候娘娘！（讓龐四奶奶坐，給她倒茶）

龐四奶奶　（看車噹噹要出去）噹噹，你等等！

車噹噹　嗻！

老　楊　（打開貨箱）娘娘，看看吧！
龐四奶奶　唱唱那套詞兒，還倒怪有個意思！
老　楊　是！美國針、美國線、美國牙膏、美國消炎片。還有口紅、雪花膏、玻璃襪子細毛線。箱子小，貨物全，就是不賣原子彈！
龐四奶奶　哈哈哈！（挑了兩雙襪子）春梅，拿著！嚐嚐，你跟老楊算賬吧！
車　噹　噹　娘娘，別那麼辦哪！
龐四奶奶　我給你拿的本錢，利滾利，你欠我多少啦？天師，查賬！
小唐鐵嘴　是！（掏小本）
車　噹　噹　天師，你甭操心，我跟老楊算去！
老　楊　娘娘，您行好吧！他能給我錢嗎？
龐四奶奶　老楊，他坑不了你，都有我呢！
老　楊　是！（向眾）還有哪位照顧照顧？（又要唱）美國針……
龐四奶奶　聽夠了！走！
老　楊　是！美國針、美國線，我要不走是混蛋！走，噹噹！（同車噹

嚐下）

方　　六　（過來）娘娘，我得到一堂景泰藍的五供兒，東西老，地道，也便宜，壇上用頂體面，您看看吧？

龐四奶奶　請皇上看看吧！

方　　六　是！皇上不是快登基了嗎？我先給您道喜！我馬上取去，送到壇上！娘娘多給美言幾句，我必有份人心！（往外走）

明師傅　六爺，我的事呢?!

方　　六　你先給我看著那幾張畫！（下）

明師傅　你等等！坑我兩桌傢伙，我還有把切菜刀呢！（追下）

龐四奶奶　王掌櫃，康媽媽在這兒哪？請她出來！

小唐鐵嘴　我去！（跑到後門）康老太太，您來一下！

王利發　什麼事？

小唐鐵嘴　朝廷大事！

〔康順子上。

康順子　幹什麼呀？

龐四奶奶　（迎上去）婆母！我是您的四侄媳婦，來接您，快坐下吧！（拉康順子坐下）

康順子　四侄媳婦？

龐四奶奶　是呀，您離開龐家的時候，我還沒過門哪。

康順子　我跟龐家一刀兩斷啦，找我幹嗎？

龐四奶奶　您的四侄子海順呀，是三皇道的大壇主，國民黨的大黨員，又是沈處長的把兄弟，快作皇上啦，您不喜歡嗎？

康順子　快作皇上？

龐四奶奶　啊！龍袍都作好啦，就快在西山登基！

康順子　在西山？

小唐鐵嘴　老太太，西山一帶有八路軍。龐四爺在那一帶登基，消滅八路，南京能夠不願意嗎？

龐四奶奶　四爺呀都好，近來可是有點貪酒好色。他已經弄了好幾個小老婆！

小唐鐵嘴　娘娘，三宮六院七十二嬪妃，可有書可查呀！

龐四奶奶 你不是娘娘，怎麼知道娘娘的委屈！老太太，我是這麼想：您要是跟我一條心，我叫您作老太后，咱們倆一齊管著皇上，我這個娘娘不就好作一點了嗎？老太太，您跟我去，吃好的喝好的，兜兒裡老帶著那麼幾塊噹噹響的洋錢，夠多麼好啊！

康順子 我要是不跟你去呢？

龐四奶奶 啊？不去？（要翻臉）

小唐鐵嘴 讓老太太想想，想想！

康順子 用不著想，我不會再跟龐家的人打交道！四媳婦，你作你的娘娘，我作我的苦老婆子，誰也別管誰！剛才你要瞪眼睛，你當我怕你嗎？我在外邊也混了這麼多年，磨練出來點了，誰跟我瞪眼，我會伸手打！（立起，往後走）

小唐鐵嘴 老太太！老太太！

康順子 （立住，轉身對小唐鐵嘴）你呀，小夥子，挺起腰板來，去掙碗乾淨飯吃，不好嗎？（下）

龐四奶奶　（移怒於王利發）王掌櫃，過來！你去跟那個老婆子說說，說好了，我送給你一袋子白麵！說不好，我砸了你的茶館！天師，走！

小唐鐵嘴　王掌櫃，我晚上還來，聽你的回話！

王利發　萬一我下半天就死了呢？

龐四奶奶　呸！你還不該死嗎？（與小唐鐵嘴、春梅同下）

王利發　哼！

鄒福遠　師弟，你看這算哪一齣？哈哈哈！

衛福喜　我會二百多齣戲，就是不懂這一齣！你知道那個娘兒們的出身嗎？

鄒福遠　我還能不知道！東霸天的女兒，在娘家就生過……得，別細說，我看這群渾蛋都有點迴光反照，長不了！

〔王大拴回來。

王利發　看著點，老大。我到後面商量點事！（下）

小二德子　（在外邊大吼一聲）閃開了！（進來）大拴哥，沏壺頂好的，我有錢！（掏出四塊現洋，一塊一塊地放下）給算算，剛才花了一塊，這兒還有四塊，五毛打一個，我一共打了幾個？

王大拴 十個。

小二德子 （用手指算）對！前天四個，昨天六個，可不是十個！大拴哥，你拿兩塊吧！沒錢，我白喝你的茶；有錢，就給你！你拿吧！

王大拴 （吹一塊，放在耳旁聽聽）這塊好，就一塊當兩塊吧，給你！

小二德子 （沒接錢）小二德子，什麼生意這麼好啊？現大洋不容易看到啊！

王大拴 把「一」字都唸成扁擔，你念什麼書啊？

小二德子 唸書去了！

王大拴 （拿起桌上的壺來，對著壺嘴喝了一氣，低聲說）市黨部派我去的，法政學院。沒當過這麼美的差事，太美，太過癮！比在天橋好的多！打一個學生，五毛現洋！昨天揍了幾個來著？

小二德子 六個。

小二德子　對！裏邊還有兩個女學生！一拳一拳地下去，太美，太過癮！大拴哥，你摸摸，摸摸！（伸臂）鐵筋洋灰的！用這個揍男女學生，你想想，美不美？

王大拴　他們就那麼老實，乖乖地叫你打？

小二德子　我專找老實的打呀！你當我是傻子哪？

王大拴　小二德子，聽我說，打人不對！

小二德子　可也難說！你看教黨義的那個教務長，上課先把手槍拍在桌上，我不過掄掄拳頭，沒動手槍啊！

王大拴　什麼教務長啊，流氓！

小二德子　對！流氓！不對，那我也是流氓嘍！大拴哥，你怎麼繞著脖子罵我呢？大拴哥，你有骨頭！不怕我這鐵筋洋灰的胳臂！

王大拴　你就是把我打死，我不服你還是不服你，不是嗎？

小二德子　喝，這麼繞脖子的話，你怎麼想出來的？大拴哥，你應當去教黨義，你有文才！好啦，反正今天我不再打學生！

王大拴　幹嗎光是今天不打？永遠不打才對！

小二德子　不是今天我另有差事嗎？

王大拴　什麼差事？

小二德子　今天打教員！

王大拴　幹嗎打教員？打學生就不對，還打教員？

小二德子　上邊怎麼交派，我怎麼幹！他們說，教員要罷課。罷課就是不老實，不老實就得揍！他們叫我上這兒等著，看見教員就揍！

鄒福遠　（嗅出危險）師弟，咱們走吧！

衛福喜　走！（同鄒福遠下）

小二德子　大拴哥，你拿著這塊錢吧！

王大拴　打女學生的錢，我不要！

小二德子　（另拿一塊）換換，這塊是打男學生的，行了吧？（看王大拴還是搖頭）這麼辦，你替我看著點。我出去買點好吃的，請請你，活著還不為吃點喝點老三點嗎？（收起現洋，下）

（康順子提著小包出來。王利發與周秀花跟著。）

康順子　王掌櫃，你要是改了主意，不讓我走，我還可以不走！

王利發　我……

周秀花　龐四奶奶也未必敢砸茶館！

王利發　你怎麼知道？三皇道是好惹的？

康順子　我頂不放心的還是大力的事！只要一走漏了消息，大家全完！那比砸茶館更厲害！

王大拴　大嬸，走！我送您去！爸爸，我送送她老人家，可以吧？

王利發　嗯——

周秀花　大嬸在這兒受了多少年的苦，幫了咱們多少忙，還不應當送送？

王利發　我並沒說不叫他送！送！送！

王大拴　大嬸，等等，我拿件衣服去。（下）

周秀花　爸，您怎麼啦？

王利發　別再問我什麼，我心裡亂！一輩子沒這麼亂過！媳婦，你先陪大嬸走，我叫老大追你們！大嬸，外邊不行啊，就還回來！

周秀花　老太太，這兒永遠是您的家！

王利發　可誰知道也許……

康順子　我也不會忘了你們！老掌櫃，你硬硬朗朗的吧！（同周秀花下）

王利發　（送了兩步，立住）硬硬朗朗的幹什麼呢？

〔謝勇仁和于厚齋進來。

謝勇仁　（看看牆上，先把茶錢放在桌上）老人家，沏一壺來。（坐）

王利發　（先收錢）好吧。

于厚齋　勇仁，這恐怕是咱們末一次坐茶館了吧？

謝勇仁　以後我倒許常來。我決定改行，去蹬三輪兒！

于厚齋　蹬三輪一定比當小學教員強！

謝勇仁　我偏偏教體育，我餓，學生們餓，還要運動，不是笑話嗎？

〔王小花跑進來。

王利發　小花，怎這麼早就下了學呢？

王小花　老師們罷課啦！（看見于厚齋、謝勇仁）于老師，謝老師！你們都沒上學去，不教我們啦？還教我們吧！見不著老師，同學們都哭啦！我們開了個會，商量好，以後一定都守規矩，不招老師們生氣！

于厚齋　小花！老師們也不願意耽誤了你們的功課。可是，吃不上飯，怎麼教書呢？我們家裡也有孩子，為教別人的孩子，叫自己的孩子挨餓，不是不公道嗎？好孩子，別著急，喝完茶，我們開會去，也許能夠想出點辦法來！

謝勇仁　好好在家溫書，別亂跑去，小花！

（王大拴由後面出來，夾著個小包。

王小花　爸，這是我的兩位老師！

王大拴　老師們，快走！他們埋伏下了打手！

王利發　誰？

王大拴　小二德子！他剛出去，就回來！

王利發　二位先生，茶錢退回，（遞錢）請吧！快！

王大拴　隨我來！

（小二德子上。

小二德子　街上有遊行的，他媽的什麼也買不著！大拴哥，你上哪兒？這倆是誰？

王大拴　喝茶的！（同于厚齋、謝勇仁往外走）

小二德子　站住！（三人還走）怎麼？不聽話？先揍了再說！

王利發　小二德子！

小二德子　（拳已出去）嘗嘗這個！

謝勇仁　（上面一個嘴巴，下面一腳）嘗嘗這個！

小二德子　哎喲！（倒下）

王小花　該！該！

謝勇仁　起來，再打！

小二德子　（起來，捂著臉）喝！喝！（往後退）喝！

王大拴　快走！（扯二人下）

小二德子　（遷怒）老掌櫃，你等著吧，你放走了他們，待會兒我跟你算賬！打不了他們，還打不了你這個糟老頭子嗎？（下）

王小花　爺爺，爺爺！小二德子追老師們去了吧？那可怎麼好！

王利發　他不敢！這路人我見多了，都是軟的欺，硬的怕！

王小花　他要是回來打您呢？

王利發　我？爺爺會說好話呀。

王小花　爸爸幹什麼去了？

王利發　出去一會兒，你甭管！上後邊溫書去吧，乖！

王小花　老師們可別吃了虧呀，我真不放心！（下）

〔丁寶跑進來。

丁　寶　老掌櫃，老掌櫃！告訴你點事！

王利發　說吧，姑娘！

丁　寶　小劉麻子呀，沒安著好心，他要霸佔這個茶館！

王利發　怎麼霸佔？這個破茶館還值得他們霸佔？

丁　寶　待會兒他們就來，我沒工夫細說，你打個主意吧！

王利發　姑娘，我謝謝你！

丁　寶　我好心好意來告訴你，你可不能賣了我呀！

王利發　姑娘，我還沒老糊塗了！放心吧！

丁　寶　好！待會兒見！（下）

〔周秀花回來。

周秀花　爸，他們走啦。

王利發　好！

周秀花　小花的爸說，叫您放心，他送到了地方就回來。

王利發　回來不回來都隨他的便吧！

周秀花　爸，您怎麼啦？幹嗎這麼不高興？

王利發　沒事！沒事！看小花去吧。她不是想吃熱湯麵嗎？要是還有點麵的話，給她作一碗吧，孩子怪可憐的，什麼也吃不著！

周秀花　一點白麵也沒有！我看看去，給她作點雜合麵疙疸湯吧！（下）

（小唐鐵嘴回來。）

小唐鐵嘴　王掌櫃，說好了嗎？

王利發　晚上，晚上一定給你回話！

小唐鐵嘴　王掌櫃，你說我爸爸白喝了一輩子的茶，我送你幾句救命的話，算是替他還賬吧。告訴你，三皇道現在比日本人在這兒的時候更厲害，砸你的茶館比砸個砂鍋還容易！你別太大意了！

王利發　我知道！你既買我的好，又好去對娘娘表表功！是吧？

（小宋恩子和小吳祥子進來，都穿著新洋服。）

小唐鐵嘴　二位，今天可夠忙的？

小宋恩子　忙得厲害！教員們大暴動！

王利發　二位，「罷課」改了名兒，叫「暴動」啦？

小唐鐵嘴　怎麼啦？

小吳祥子　他們還能反到天上去嗎？到現在為止，已經抓了一百多，打了七十幾個，叫他們反吧！

小宋恩子　太不知好歹！他們老老實實的，美國會送來大米、白麵嘛！

小唐鐵嘴　就是！二位，有大米、白麵，可別忘了我！以後，給大家的墳地看風水，我一定盡義務！好！二位忙吧！（下）

小吳祥子　你剛才問，「罷課」改叫「暴動」啦？王掌櫃！

王利發　歲數大了，不懂新事，問問！

小宋恩子　哼！你就跟他們是一路貨！

王利發　我？您太高抬我啦！

小吳祥子　我們忙，沒工夫跟你費話，說乾脆的吧！
王利發　什麼乾脆的？
小宋恩子　教員們暴動，必有主使的人！
王利發　誰？
小吳祥子　昨天晚上誰上這兒來啦？
王利發　康大力！
小宋恩子　就是他！你把他交出來吧！
王利發　我要是知道他是哪路人，還能夠隨便說出來嗎？我跟你們的爸爸打交道多少年，還不懂這點道理？
小吳祥子　甭跟我們拍老腔，說真的吧！
王利發　交人，還是拿錢，對吧？
小宋恩子　你真是我爸爸教出來的！對啦，要是不交人，就把你的金條拿出來！別的鋪子都隨開隨倒，你可混了這麼多年，必定有點底！

〔小二德子匆匆跑來。

小二德子　快走！街上的人不夠用啦！快走！
小吳祥子　你小子管幹嗎的？
小二德子　我沒閒著，看，臉都腫啦！
小宋恩子　掌櫃的，我們馬上回來，你打主意吧！
王利發　不怕我跑了嗎？
小吳祥子　老梆子，你真逗氣兒！你跑到陰間去，我們也會把你抓回來！
（打了王利發一掌，同小宋恩子、小二德子下）
王利發　（向後叫）小花！小花的媽！
周秀花　（同王小花跑出來）我都聽見了！怎麼辦？
王利發　快走！追上康媽媽！快！
王小花　我拿書包去！（下）
周秀花　拿上兩件衣裳，小花！爸，剩您一個人怎麼辦？
王利發　這是我的茶館，我活在這兒，死在這兒！
〔王小花挎著書包，夾著點東西跑回來。
周秀花　爸爸！

王小花　爺爺！

王利發　都別難過，走（從懷中掏出所有的錢和一張舊相片）媳婦，拿著這點錢，小花，拿著這個，老裕泰三十年前的相片，交給你爸爸！走吧！

〔小劉麻子同丁寶回來。

小劉麻子　小花，教員罷課，你住姥姥家去呀？

王小花　對啦！

王利發　（假意地）媳婦，早點回來！

周秀花　爸，我們住兩天就回來！（同王小花下）

小劉麻子　王掌櫃，好消息！沈處長批准了我的計劃！

王利發　大喜，大喜！

小劉麻子　您也大喜，處長也批准修理這個茶館！我一說，處長說好！他呀老把「好」說成「蒿」，特別有個洋味兒！

王利發　都是怎麼一回事？

小劉麻子　從此你算省心了！這兒全屬我管啦，你搬出去！我先跟你說好了，省得以後你麻煩我！

王利發　那不能！湊巧，我正想搬家呢。

丁　寶　小劉，老掌櫃在這兒多少年啦，你就不照顧他一點嗎？

小劉麻子　看吧！我辦事永遠厚道！王掌櫃，我接處長去，叫他看看這個地方。你把這兒好好收拾一下！小丁寶，你把小心眼找來，迎接處長！帶點香水，好好噴一氣，這裡臭哄哄的！走！（同丁寶下）

王利發　好！真好！太好！哈哈哈！

（常四爺提著小筐進來，筐裡有些紙錢和花生米。他雖年過七十，可是腰板還不太彎。）

常四爺　什麼事這麼好哇，老朋友！

王利發　哎喲！常四哥！我正想找你這麼一個人說說話兒呢！我沏一壺頂好的茶來，咱們喝喝！（去沏茶）

（秦仲義進來。他老的不像樣子了，衣服也破舊不堪。

秦仲義　王掌櫃在嗎？

常四爺　在！您是……

秦仲義　我姓秦。

常四爺　秦二爺。

王利發　（端茶來）誰？秦二爺？正想去告訴您一聲，這兒要大改良！坐！坐！

常四爺　我這兒有點花生米，（抓）喝茶吃花生米，這可真是個樂子！

秦仲義　可是誰嚼得動呢？

王利發　看多麼邪門，好容易有了花生米，可全嚼不動！多麼可笑！怎樣啊？秦二爺！（都坐下）

秦仲義　別人都不理我啦，我來跟你說說：我到天津去了一趟，看看我的工廠！

王利發　不是沒收了嗎？又物歸原主啦？這可是喜事！

秦仲義　拆了！

常四爺
王利發　拆了？

秦仲義　拆了！我四十年的心血啊，拆了！別人不知道，王掌櫃你知道：我從二十多歲起，就主張實業救國。到而今……搶去我的工廠，好，我的勢力小，幹不過他們！可倒好好地辦哪，那是富國裕民的事業呀！結果，拆了，機器都當碎銅爛鐵賣了！全世界，全世界找得到這樣的政府找不到？我問你！

王利發　當初，我開的好好的公寓，您非蓋倉庫不可。看，倉庫查封，貨物全叫他們偷光！當初，我勸您別把財產都出手，您非都賣了開工廠不可！

常四爺　還記得吧？當初，我給那個賣小妞的小媳婦一碗麵吃，您還說風涼話呢。

秦仲義　現在我明白了！王掌櫃，求你一件事吧：（掏出一二機器小零件和一支鋼筆管來）工廠拆平了，這是我由那兒撿來的小東西。這支筆上刻著我的名字呢，它知道，我用它簽過多少張支票，寫過多少計劃書。我把它們交給你，沒事的時候，你可以跟喝茶的人們當個笑話談談，你說呀：當初有那麼一個不知好歹的秦某人，愛辦實業。辦了幾十年，臨完他只由工廠的土堆裡撿回來這麼點小東西！你應當勸告大家，有錢哪，就該吃喝嫖賭，胡作非為，可千萬別幹好事！告訴他們哪，秦某人七十多歲了才明白這點大道理！他是天生來的笨蛋！

王利發　您自己拿著這支筆吧，我馬上就搬家啦！

常四爺　搬到哪兒去？

王利發　哪兒不一樣呢！秦二爺，常四爺，我跟你們不一樣，二爺財大業大心胸大，樹大可就招風啊！四爺你，一輩子不服軟，敢作敢當，專打抱不平。我呢，作了一輩子順民，見誰都請安、鞠躬、作揖。我只盼著呀，孩子們有出息，凍不著，餓不著，沒災沒病！可是，日本人在這兒，二拴子逃跑啦，老婆想兒子想死啦！好容易，日本人走啦，該緩一口氣了吧？誰知道，（慘笑）哈哈，哈哈，哈哈！

常四爺　我也不比你強啊！自食其力，憑良心幹了一輩子啊，我一事無成！七十多了，只落得賣花生米！個人算什麼呢，我盼哪，盼哪，只盼國家像個樣兒，不受外國人欺侮。可是……哈哈！

秦仲義　日本人在這兒，說什麼合作，把我的工廠就合作過去了。咱們的政府回來了，工廠也不怎麼又變成了逆產。倉庫裡（指後邊）有多少貨呀，全完！還有銀號呢，人家硬給加官股，官股進來了，我出來了！哈哈！

王利發　改良，我老沒忘了改良，總不肯落在人家後頭。賣茶不行啊，開公寓。公寓沒啦，添評書！評書也不叫座兒呀，好，不怕丟人，想添女招待！人總得活著吧？我變盡了方法，不過是為活下去！是呀，該賄賂的，我就遞包袱。我可沒作過缺德的事，傷天害理的事，為什麼就不叫我活著呢？我得罪了誰？誰？皇上，娘娘那些狗男女都活得有滋有味的，單不許我吃窩窩頭，誰出的主意？

常四爺　盼哪，盼哪，只盼誰都講理，誰也不欺侮誰！可是，眼看著老朋友們一個個的不是餓死，就是叫人家殺了，我呀就是有眼淚也流不出來嘍！松二爺，我的朋友，餓死啦，連棺材還是我給他化緣化來的！他還有我這麼個朋友，給他化了一口四塊板的棺材；我自己呢？我愛咱們的國呀，可是誰愛我呢？看，（從筐中拿出些紙錢）遇見出殯的，我就撿幾張紙錢。沒有壽衣，沒有棺材，我只好給自己預備下點紙錢吧，哈哈，哈哈！

秦仲義 四爺，讓咱們祭奠祭奠自己，把紙錢撒起來，算咱們三個老頭子的吧！

王利發 對！四爺，照老年間出殯的規矩，喊喊！

常四爺 （立起，喊）四角兒的跟伕，本家賞錢一百二十吊！（撒起幾張紙錢）[1]

1. 三、四十年前，北京富人出殯，要用三十二人、四十八人或六十四人抬棺材，也叫抬槓。另有四位槓夫拿著撥旗，在四角跟隨。槓夫換班須注意撥旗，以便進退有序；一班也叫一撥兒。起槓時和路祭時，領槓者須喊「加錢」——本家或姑奶奶賞給槓夫酒錢。加錢數目須誇大地喊出。在喊加錢時，有人撒起紙錢來。

秦仲義　一百二十吊！

王利發　（一手拉住一個）我沒的說了，再見吧！（下）

秦仲義　再見！

王利發　再喝你一碗！（一飲而盡）再見！（下）

常四爺　再見！

王利發　〔丁寶與小心眼進來。

丁　寶　他們來啦，老大爺！（往屋中噴香水）

王利發　好，他們來，我躲開！（撿起紙錢，往後邊走）

小心眼　老大爺，幹嗎撒紙錢呢？

王利發　誰知道！（下）

〔小劉麻子進來。

小劉麻子　來啦！一邊一個站好！

〔丁寶、小心眼分左右在門內立好。

〔門外有汽車停住聲，先進來兩個憲兵。沈處長進來，穿軍便服；高靴，帶馬刺；手執小鞭。後面跟著二憲兵。

沈處長　（檢閱似的，看丁寶、小心眼，看完一個說一聲）好（蒿）！

〔丁寶攎上一把椅子，請沈處長坐。

小劉麻子　報告處長，老裕泰開了六十多年，九城聞名，地點也好，藉著這個老字號，作我們的一個據點，一定成功！我打算照舊賣茶，派（指）小丁寶和小心眼作招待。有我在這兒監視著三教九流，各色人等，一定能夠得到大量的情報！

沈處長　好（蒿）！

〔丁寶由憲兵手裡接過駱駝牌煙，上前獻煙；小心眼接過打火機，點煙。

小劉麻子　後面原來是倉庫，貨物已由處長都處理了，現在空著。我打算修理一下，中間作小舞廳，兩旁佈置幾間臥室，都帶衛生設備。處長清閒的時候，可以來跳跳舞，玩玩牌，喝喝咖啡。天晚了，高興住下，您就住下。這就算是處長個人的小俱樂部，由我管理，一定要比公館裡更灑脫一點，方便一點，熱鬧一點！

沈處長　好（蒿）！

丁　寶　處長，我可以請示一下嗎？

沈處長　好（蒿）！

丁　寶　這兒的老掌櫃怪可憐的。好不好給他作一身制服，叫他看看門，招呼貴賓們上下汽車？他在這兒幾十年了，誰都認識他，簡直可以算是老頭兒商標！

沈處長　好（蒿）！傳！

小劉麻子　是！（往後跑）王掌櫃！老掌櫃！我爸爸的老朋友，老大爺！（入。過一會兒又跑回來）報告處長，他也不是怎麼上了吊，吊死啦！

沈處長　好（蒿）！好（蒿）！

——幕落·全劇終

附錄

此劇幕與幕之間須留較長時間，以便人物換裝，故擬由一人（也算劇中人）唱幾句快板，使休息時間不顯著過長，同時也可以略略介紹劇情。

第一幕　幕前

（我）大傻楊，打竹板兒，一來來到大茶館兒。

大茶館，老裕泰，生意興隆真不賴。

茶座多，真熱鬧，也有老來也有少；

有的說，有的唱，穿章打扮一人一個樣；

有提籠，有架鳥，蛐蛐蟈蟈也都養的好；

有的吃，有的喝，沒有錢的只好白瞧著。
愛下棋，（您）來兩盤兒，賭一賣（碟）乾炸丸子外灑胡椒鹽兒。
講排場，講規矩，咳嗽一聲都像唱大戲。
有一樣，聽我說：莫談國事您得老記著。
哼！國家事（可）不好了，黃龍旗子一天倒比一天威風小。
文武官，有一寶，見著洋人趕快跑。
外國貨，堆成山，外帶販賣鴉片煙。
最苦是，鄉村裡，沒吃沒穿逼得賣兒女。
官兒闊，百姓窮，朝中出了一個譚嗣同，
講維新，主意高，還有那康有為和梁啟超。
這件事，鬧得兇，氣得太后咬牙切齒直哼哼。
她要殺，她要砍，講維新的都是要造反。
這些事，別多說，說著說著就許掉腦殼。
〔幕徐啟。大傻楊入茶館。
打竹板，邁大步，走進茶館找主顧。

哪位爺，願意聽，《轅門斬子》來了穆桂英。

〔王利發來干涉。

王掌櫃，大發財，金銀元寶一齊來。

您有錢，我有嘴，數來寶的是窮鬼。（下）

第二幕 幕前

打竹板，我又來，數來寶的還是沒發財。

現而今，到民國，剪了小辮還是沒有轍。

王掌櫃，動腦筋，事事改良講維新。

（低聲）動腦筋，白費力，胳臂擰不過大腿去。

鬧軍閥，亂打仗，白臉的進去黑臉的上，

趙打錢，孫打李，趙錢孫李亂打一炮誰都不講理。

為打仗，要槍炮，一堆一堆給洋人老爺送鈔票。

為賣炮，為賣槍，幫助軍閥你佔黃河他佔揚子江。
老百姓，遭了殃，大兵一到糧食牲口一掃光。
王掌櫃，會改良，茶館好像大學堂，
後邊住，大學生，說話文明真好聽。
就怕呀，兵野蠻，進來幾個茶館就玩完。
先別說，喪氣話，給他道喜是個好辦法。
他開張，我道喜，編點新詞我也了不起。（下）
（又上）老裕泰，大改良，萬事亨通一天準比一天強。
〔王利發：今天不打發，明天才開張哪。
明天好，明天妙，金銀財寶齊來到。
〔炮響。
您開張，他開炮，明天準唱《虮蠟廟》。
〔王利發：去你的吧！
〔傻楊下。

第三幕　幕前

樹木老，葉兒稀，人老毛腰把頭低。
甭說我，混不了，王掌櫃的也過不好。
（他）錢也光，人也老，身上剩了一件破棉襖。
自從那，日本兵，八年佔據老北京。
人人苦，沒法提，不死也掉一層皮。
好八路，得人心，一陣一陣殺退日本軍。
盼星星，盼月亮，盼到勝利大家有希望。
（哼）國民黨，進北京，橫行霸道一點不讓日本兵。
王掌櫃，委屈多，跟我一樣半死半活著。
老茶館，破又爛，想盡法子也沒法辦。
天可憐，地可憐，就是官老爺有洋錢。（下）
〔王掌櫃死後，傻楊再上，見小丁寶正在落淚。

小姑娘，別這樣，黑到頭兒天會亮。
小姑娘，別發愁，西山的泉水向東流。
苦水去，甜水來，誰也不再作奴才。

答覆有關《茶館》的幾個問題

《茶館》上演後，有勞不少朋友來信，打聽這齣戲是怎麼寫的等等。因忙，不能一一回信，就在此擇要作簡單的答覆。

問：為什麼要單單寫一個茶館呢？

答：茶館是三教九流會面之處，可以多容納各色人物。一個大茶館就是一個小社會。這齣戲雖只有三幕，可是寫了五十多年的變遷。在這些變遷裡，沒法子躲開政治問題。可是，我不熟悉政治舞台上的高官大人，沒法子正面描寫他們的促進與促退。我也不十分懂政治。我只認識一些小人物，這些人物是經常下茶館的。那麼，我要是把他們集合到一個茶館裡，用他們生活上的變遷反映社會的變遷，不就側面地透露出一些政治消息麼？這樣，我就決定了去寫《茶館》。

問：你怎麼安排這些小人物與劇情的呢？

答：人物多，年代長，不易找到個中心故事。我採用了四個辦法：

（一）主要人物自壯到老，貫穿全劇。這樣，故事雖然鬆散，而中心人物有些著落，就不至於說來說去，離題太遠，不知所云了。此劇的寫法是以人物帶動故事，近似活報劇，又不是活報劇。此劇以人為主，而一般的活報劇往往以事為主。

（二）次要的人物父子相承，父子都由同一演員扮演。這樣也會幫助故事的聯續。這是一種手法，不是在理論上有何根據。在生活中，兒子不必繼承父業；可是在舞台上，父子由同一演員扮演，就容易使觀眾看出故事是聯貫下來的，雖然一幕與一幕之間相隔許多年。

（三）我沒法使每個角色都說他們自己的事，可是又與時代發生關係。這麼一來，廚子就像廚子，說書的就像說書的了，因為他們說的是自己的事。同時，把他們自己的事又和時代結合起來，像名廚而落得去包辦監獄的伙食，順口說出這年月就是監獄裡人多；說書的先生抱怨生意不好，也順口說出這年頭就是邪年頭，真玩藝兒要失傳……因此，人物雖各說各的，可是又都能幫助反映時代，就使觀眾既看見了各色的人，也順帶著看見了一點兒那個時代的面貌。這樣的人物雖然也許只說了三五句話，可是的確交代了他們的命運。

（四）無關緊要的人物一律招之即來，揮之即去，毫不客氣。這樣安排了人物，劇情就好辦了。有了人還怕無事可說嗎？有人認為此劇的故事性不強，並且建議：用康順子的遭遇和康大力的參加革命為主，去發展劇情，可能比我寫的更像戲劇。我感謝這種建議，可是不能採用。因為那麼一來，我的葬送三個時代的目的就難達到了。抱住一件事去發展，恐怕茶館不等被人霸佔就已垮台了。我的寫法多少有點新的嘗試，沒完全叫老套子捆住。

問：請談談您的語言吧。

答：這沒有多少可談的。我只願指出：沒有生活，即沒有活的語言。我有一些舊社會的生活經驗，我認識茶館裡那些小人物。我知道他們做什麼，所以也知道他們說什麼。以此為基礎，我再給這裡誇大一些，那裡潤色一下，人物的台詞即成為他們自己的，而又是我的。唐鐵嘴說：「已斷了大煙，改抽白麵了。」這的確是他自己的話。他是個無恥的人。下面的：「大英帝國的香煙，日本的白麵，兩大強國伺候我一個人，福氣不小吧？」便是我叫他說的了。一個這麼無恥的人可以說這麼無恥的話，在情理中。同時，我叫他說出那時代帝國主義是多麼狠毒，既拿走我們的錢，還要我們的命！

問：原諒我，再問一句：像劇中沈處長，出得台來，只說了幾個「好」字，也有生活中的根據嗎？

答：有！我看見過不少國民黨的軍、政要人，他們的神氣頗似「孤哀子」裝模作樣，一臉的官司。他們不屑與人家握手，而只用冰涼的手指（因為氣虧，所以冰涼）摸人家的手一下。他們裝腔作勢，自命不凡，和同等的人說起下流話來，口若懸河，可是對下級說話就只由口中擠出那麼一半個字來，強調個人的高貴身分。是的，那幾個「好」字也有根據。沒有生活，掌握不了語言。

原載一九五八年《劇本》五月號

我這一輩子

一

我幼年讀過書，雖然不多，可是足夠讀七俠五義與三國志演義什麼的。我記得好幾段聊齋，到如今還能說得很齊全動聽，不但聽的人都誇獎我的記性好，連我自己也覺得應該高興。可是，我並唸不懂聊齋的原文，那太深了；我所記得的幾段，都是由小報上的「評講聊齋」唸來的——把原文變成白話，又添上些逗哏打趣，實在有個意思！

我的字寫得也不壞。拿我的字和老年間衙門裡的公文比一比，論個兒的勻適，墨色的光潤，與行列的齊整，我實在相信我可以作個很好的「筆帖式」。自然我不敢高攀，說我有寫奏摺的本領，可是眼前的通常公文是準保能寫到好處的。

憑我認字與寫的本事，我本該去當差。當差雖不見得一定能增光耀祖，但是至少也比作別的事更體面些。況且呢，差事不管大小，多少總有個升騰。我看見不止一位了，官職很大，可是那筆字還不如我的好呢，連句整話都說不出來。這樣的人既能作高官，我怎麼不能呢？

可是，當我十五歲的時候，家裡教我去學徒。五行八作，行行出狀元，學手藝原不是什麼低賤的事；不過比較當差稍差點勁兒罷了。學手藝，一輩子逃不出手藝人去，即使能大發財源，也高不過大官兒不是？可是我並沒和家裡鬧彆扭，就去學徒了；十五歲的人，自然沒有多少主意。況且家裡老人還說，學滿了藝，能掙上錢，就給我說親事。在當時，我想像著結婚必是件有趣的事。那麼，吃上二三年的苦，而後大人似的去耍手藝掙錢，家裡再有個小媳婦，大概也很下得去了。

我學的是裱糊匠。在那太平年月，裱匠是不愁沒飯吃的。那時候，死一個人不像現在這麼省事。這可並不是說，老年間的人要翻來覆去的死好幾回，不乾脆的一下子斷了氣。我是說，那時候死人，喪家要拚命的花錢，一點不惜力氣與金錢的講排場。就拿與冥衣鋪有關係的事來說吧，就得花上老些個錢。人一斷氣，馬上就得去糊「倒頭車」——現在，連這個名詞兒也許有好多人不曉得了。緊跟著便是「接三」，必定有些燒活：車轎騾馬，墩箱靈人，引魂幡，靈花等等。要是害月子病死的，還必須另糊一頭牛，和一個雞罩。趕到「一七」唸經，又得糊樓庫，金山銀山，尺頭元寶，四季衣服，四季花草，古玩陳設，各樣木器。及至出殯，紙亭紙架之外，還有許多燒活，至不濟也得弄一對「童兒」舉著。「五七」燒傘，六十天糊船橋。一個死人到六十天後才和我們裱糊匠脫離關係。一年之中，死那麼十來個有錢的人，我們便有了吃喝。

裱糊匠並不專伺候死人，我們也伺候神仙。早年間的神仙不像如今晚兒的這樣寒磣，就拿關老爺說吧，早年間每到六月二十四，人們必給他糊黃幡寶蓋，馬童馬匹，和七星大旗什麼的。現在，幾乎沒有人再惦記著關公了！遇上鬧「天花」，我們又得為娘娘們忙一陣。九位娘娘得糊九頂轎子，紅馬黃馬各一匹，九份鳳冠霞帔，還得預備痘哥哥痘姐姐們的袍帶靴帽，和各樣執事。如今，醫院都施種牛痘，娘娘們無事可作，裱糊匠也就陪著她們閒起來了。此外還有許許多多的「還願」的事，都要糊點什麼東西，可是也都隨著破除迷信沒人再提了。年頭真是變了啊！

除了伺候神與鬼外，我們這行自然也為活人作些事。這叫作「白活」，就是給人家糊頂棚。早年間沒有洋房，每遇到搬家，娶媳婦，或別項喜事，總要把房間糊得四白落地，好顯出煥然一新的氣象。那大富之家，連春秋兩季糊窗子也僱用我們。人是一天窮似一天了，搬家不一定糊棚頂，而那些有錢的呢，房子改為洋式的，棚頂抹灰，一勞永逸；窗子改成玻璃的，也用不著再糊上紙或紗。什麼都是洋式好，耍手藝的可就沒了飯吃。我們自己也不是不努力呀，洋車時行，我們就照樣糊洋車；汽車時行，我們就糊汽車，我們知道改良。可是有幾家死了人來糊一輛洋車或汽車呢？年頭一旦大改良起來，我們的小改良全算白饒，水大漫不過鴨子去，有什麼法兒呢！

二

上面交代過了：我若是始終仗著那份兒手藝吃飯，恐怕就早已餓死了。不過，這點本事雖不能永遠有用，可是三年的學藝並非沒有很大的好處，這點好處教我一輩子享用不盡。我可以撂下傢伙，幹別的營生去；這點好處可是老跟著我。就是我死後，有人談到我的為人如何，他們也必須要記得我少年曾學過三年徒。

學徒的意思是一半學手藝，一半學規矩。在初到鋪子去的時候，不論是誰也得害怕，鋪中的規矩就是委屈。當徒弟的得晚睡早起，得聽一切的指揮與使遣，得低三下四的伺候人，饑寒勞苦都得高高興興的受著，有眼淚往肚子裡咽。像我學藝的所在，鋪子也就是掌櫃的家；受了師傅的，還得受師母的，夾板兒氣！能挺過這麼三年，頂倔強的人也得軟了，頂軟和的人也得硬了；我簡直的可以這麼說，一個學徒的脾性不是天生帶來的，而是被板子打出來的；像打鐵一樣，要打什麼東西便成什麼東西。

在當時正挨打受氣的那一會兒，我真想去尋死，那種氣簡直不是人所受得住的！但是，現在想起來，這種規矩與調教實在值金子。受過這種排練，天下便沒有什麼受不了的事啦。

隨便提一樣吧，比方說教我去當兵，好哇，我可以作個滿好的兵。軍隊的操演有時有會兒，而學徒們是除了睡覺沒有任何休息時間的。我抓著工夫去出恭，一邊蹲著一邊就能打個盹兒，因為遇上趕夜活的時候，我一天一夜只能睡上三四點鐘的覺。我能一口吞下去一頓飯，剛端起飯碗，不是師傅喊，就是師娘叫，要不然便是有照顧主兒來定活，我得恭而敬之的招待，並且細心聽著師傅怎樣論活討價錢。不把飯整吞下去怎辦呢？這種排練教我遇到什麼苦處都能硬挺，外帶著還是挺和氣。

讀書的人，據我這粗人看，永遠不會懂得這個。現在的洋學堂裡開運動會，學生跑上兩個圈就彷彿有了汗馬功勞一般，喝！又是攙著，又是抱著，往大腿上拍火酒，還鬧脾氣，還坐汽車！這樣的公子哥兒哪懂得什麼叫作規矩，哪叫排練呢？話往回來說，我所受的苦處給我打下了作事任勞任怨的底子，我永遠不肯閒著，作起活來永不曉得鬧脾氣，耍彆扭，我能和大兵們一樣受苦，而大兵們不能像我這麼和氣。

再拿件實事來證明這個吧：在我學成出師以後，我和別的耍手藝的一樣，為表明自己是憑本事掙錢的人，第一我先買了根菸袋，只要一閒著便揣上一袋吧唧著，彷彿很有身分，慢慢的，我又學了喝酒，時常弄兩盅貓尿順著嘴兒抿幾口。

嗜好就怕開了頭，會了一樣就不難學第二樣，反正都是個玩藝吧咧。這可也就出了毛病。我愛煙愛酒，原本不算什麼稀奇的事，大傢伙兒都差不多是這樣。可是，我一來二去的學會了吃大煙。那個年月，鴉片煙不犯私，非常的便宜；我先是吸著玩，後來可就上了癮。不久，我便覺出手緊來了，作事也不似先前那麼上勁了。我並沒等誰勸告我，不但戒了大煙，而且把旱煙袋也撅了，從此煙酒不動！我入了「理門」。

入理門，煙酒都不准動；一旦破戒，必走背運。所以我不但戒了嗜好，而且入了理門；背運在那兒等著我，我怎肯再犯戒呢？這點心胸與硬氣，如今想起來，還是由學徒得來的。多大的苦處我都能忍受。初一戒煙戒酒，看著別人吸，別人飲，多麼難過呢！心裡真像有一千條小蟲爬撓那麼癢癢觸觸的難過。但是我不能破戒，怕走背運。其實背運不背運的，都是日後的事，眼前的罪過可是不好受呀！硬挺，只有硬挺才能成功，怕走背運還在其次。我居然挺過來了，因為我學過徒，受過排練呀！

提到我的手藝來，我也覺得學徒三年的光陰並沒白費了。凡是一門手藝，都得隨時改良，方法是死的，運用可是活的。三十年前的瓦匠，講究會磨磚對縫，作細工兒活；現在，他得會用洋灰和包鑲人造石什麼的。三十年前的木匠，講究會雕花刻木，現在得會造洋式木器。我們這行也如此，不過比別的行業更活動。我們這行講究看見什麼就能糊什麼。比方說，人家落了喪事，教我們糊一桌全席，我們就能糊出雞鴨魚肉來。趕上人家死了未出閣的姑娘，教我們糊一全份嫁妝，不管是四十八抬，還是三十二抬，我們便能由粉罐油瓶一直糊到衣櫥穿衣鏡。眼睛一看，手就能模仿下來，這是我們的本事。我們的本事不大，可是得有點聰明，一個心窟窿的人絕不會成個好裱糊匠。

這樣，我們作活，一邊工作也一邊遊戲，彷彿是。我們的成敗全仗著怎麼把各色的紙調動的合適，這是要心路的事兒。以我自己說，我有點小聰明。在學徒時候所挨的打，很少是為學不上活來，而多半是因為我有聰明而好調皮不聽話。

我的聰明也許一點也顯露不出來，假若我是去學打鐵，或是拉大鋸——老那麼打，老那麼拉，一點變動沒有。幸而我學了裱糊匠，把基本的技能學會了以後，我便開始自出花樣，怎麼靈巧逼真我怎麼做。有時候我白費了許多工夫與材料，而做不出我所想到的東西，可是這更教我加緊的去揣摸，去調動，非把它做成不可。這個，真是個好習慣。有聰明，而且知道用聰明，我必須感謝這三年的學徒，在這三年養成了我會用自己的聰明的習慣。

誠然，我一輩子沒作過大事，但是無論什麼事，只要是平常人能作的，我一瞧就能明白個五六成。我會砌牆，栽樹，修理鐘錶，看皮貨的真假，合婚擇日，知道五行八作的行話上訣竅……這些，我都沒學過，只憑我的眼去看，我的手去試驗；我有勤苦耐勞與多看多學的習慣；這個習慣是在冥衣鋪學徒三年養成的。到如今我才明白過來——我已是快餓死的人了！——假若我多讀上幾年書，只抱著書本死啃，像那些秀才與學堂畢業的人們那樣，我也許一輩子就糊糊塗塗的下去，而什麼也不曉得呢！裱糊的手藝沒有給我帶來官職和財產，可是它讓我活的很有趣；窮，但是有趣，有點人味兒。

剛二十多歲，我就成為親友中的重要人物了。不因為我有錢與身分，而是因為我辦事細心，不辭勞苦。自從出了師，我每天在街口的茶館裡等著同行的來約請幫忙。我成了街面上的人，年輕，俐落，懂得場面。有人來約，我便去做活；沒人來約，我也閒不住：親友家許許多多的事都託付我給辦，我甚至於剛結過婚便給別人家作媒了。

給別人幫忙就等於消遣。我需要一些消遣。為什麼呢？前面我已說過：我們這行有兩種活，燒活和白活。做燒活是有趣而乾淨的，白活可就不然了。糊頂棚自然得先把舊紙撕下來，這可真夠受的，沒作過的人萬也想不到頂棚上會能有那麼多塵土，而且是日積月累攢下來的，比什麼土都乾，細，鑽鼻子，撕完三間屋子的棚，我們就都成了土鬼。

及至紮好了秫秸，糊新紙的時候，新銀花紙的面子是又臭又掛鼻子。塵土與紙面子就能教人得癆病——現在叫作肺病。我不喜歡這種活兒。可是，在街上等工作，有人來約就不能拒絕，有什麼活得幹什麼活。應下這種活兒，我差不多老在下邊裁紙遞紙抹糨糊，為的是可以不必上「交手」，而且可以低著頭幹活兒,少吃點土。就是這樣,我也得弄一身灰,我的鼻子也得像煙筒。做完這麼幾天活,我願意做點別的,變換變換。那麼,有親友托我辦點什麼,我是很樂意幫忙的。

再說呢,做燒活吧,做白活吧,這種工作老與人們的喜事或喪事有關係。熟人們找我定活,也往往就手兒托我去講別項的事,如婚喪事的搭棚,講執事,僱廚子,定車馬等等。我在這些事兒中漸漸找出樂趣,曉得如何能捏住巧處,給親友們既辦得漂亮,又省些錢,不能窩窩囊囊的被人捉了「大頭」。我在辦這些事兒的時候,得到許多經驗,明白了許多人情,久而久之,我成了個很精明的人,雖然還不到三十歲。

三

由前面所說過的去推測，誰也能看出來，我不能老靠著裱糊的手藝掙飯吃。像逛廟會忽然遇上雨似的，年頭一變，大家就得往四散裡跑。在我這一輩子裡，我彷彿是走著下坡路，收不住腳。心裡越盼著天下太平，身子越往下出溜。這次的變動，不使人緩氣，一變好像就要變到底。這簡直不是變動，而是一陣狂風，把人糊糊塗塗的颳得不知上哪裡去了。

在我小時候發財的行當與事情，許多許多都忽然走到絕處，永遠不再見面，彷彿掉在了大海裡頭似的。裱糊這一行雖然到如今還陰死巴活的始終沒完全斷了氣，可是大概也不會再有抬頭的一日了。

我老早的就看出這個來。在那太平的年月，假若我願意的話，我滿可以開個小鋪，收兩個徒弟，安安頓頓的混兩頓飯吃。幸而我沒那麼辦。一年得不到一筆大活，只仗著糊一輛車或兩間屋子的頂棚什麼的，怎能吃飯呢？睜開眼看看，這十幾年了，可有過一筆體面的活？我得改行，我算是猜對了。

不過，這還不是我忽然改了行的唯一的原因。年頭兒的改變不是個人所能抵抗的，胳臂扭不過大腿去，跟年頭兒叫死勁簡直是自己找彆扭。可是，個人獨有的事往往來得更厲害，它能馬上教人瘋了。去投河覓井都不算新奇，不用說把自己的行業放下，而去幹些別的了。個人的事雖然很小，可是一加在個人身上便受不住；一個米粒很小，教螞蟻去搬運便很費力氣。個人的事也是如此。人活著是仗了一口氣，多咱有點事兒，把這口氣憋住，人就要抽風。人是多麼小的玩藝兒呢！

我的精明與和氣給我帶來背運。乍一聽這句話彷彿是不合情理，可是千真萬確，一點兒不假，假若這要不落在我自己身上，我也許不大相信天下會有這宗事。它竟自找到了我；在當時，我差不多真成了個瘋子。隔了這麼二三十年，現在想起那回事兒來，我滿可以微微一笑，彷彿想起一個故事來似的。現在我明白了個人的好處不必一定就有利於自己。一個人好，大家都好，這點好處才有用，正是如魚得水。一個人好，而大家並不都好，個人的好處也許就是讓他倒楣的禍根。精明和氣有什麼用呢！現在，我悟過這點理兒來，想起那件事不過點點頭，笑一笑罷了。在當時，我可真有點嚥不下去那口氣。那時候我還很年輕啊。

哪個年輕的人不愛漂亮呢？在我年輕的時候，給人家行人情或辦點事，我的打扮與氣派誰也不敢說我是個手藝人。在早年間，皮貨很貴，而且不准亂穿。如今晚的人，今天得了馬票或獎券，明天就可以穿上狐皮大衣，不管是個十五歲的孩子還是二十歲還沒刮過臉的小夥子。早年間可不行，年紀身分決定個人的服裝打扮。那年月，在馬褂或坎肩上安上一條灰鼠領子就彷彿是很漂亮闊氣。我老安著這麼條領子，馬褂與坎肩都是青大緞的——那時候的緞子也不怎麼那樣結實，一件馬褂至少也可以穿上十來年。在給人家糊棚頂的時候，我是個土鬼；回到家中一梳洗打扮，我立刻變成個漂亮小夥子。我不喜歡那個土鬼，所以更愛這個漂亮的青年。我的辮子又黑又長，腦門剃得怪光青亮，穿上帶灰鼠領子的緞子坎肩，我的確像個「人兒」！

一個漂亮小夥子所最怕的恐怕就是娶個醜八怪似的老婆吧。我早已有意無意的向老人們透了個口話：不娶倒沒什麼，要娶就得來個夠樣兒的。那時候，自然還不時行自由婚，可是已有男女兩造對相對看的辦法。要結婚的話，我得自己去相看，不能馬馬虎虎就憑媒人的花言巧語。

二十歲那年，我結了婚，我的妻比我小一歲。把她放在哪裡，她也得算個俏式俐落的小媳婦；在訂婚以前，我親眼相看的呀。她美不美，我不敢說，我說她俏式俐落，因為這四個字就是我擇妻的標準；她要是不夠這四個字的格兒，當初我決不會點頭。在這四個字裡很可以見出我自己是怎樣的人來。那時候，我年輕，漂亮，作事麻利，所以我一定不能要個笨牛似的老婆。

這個婚姻不能說不是天配良緣。我倆都年輕，都俐落，都個子不高；在親友面前，我們像一對輕巧的陀螺似的，四面八方的轉動，招得那年歲大些的人們眼中要笑出一朵花來。我倆競爭著去在大家面前顯出個人的機警與口才，到處爭強好勝，只為教人誇獎一聲我們是一對最有出息的小夫婦。別人的誇獎增高了我倆彼此間的敬愛，頗有點英雄惜英雄，好漢愛好漢的勁兒。

我很快樂，說實話：我的老人沒掙下什麼財產，可是有一所兒房。我住著不用花租金的房子，院中有不少的樹木，簷前掛著一對黃鳥。我呢，有手藝，有人緣，有個可心的年輕女人。不快樂不是自找彆扭嗎？

對於我的妻，我簡直找不出什麼毛病來。不錯，有時候我覺得她有點太野；可是哪個俐落的小媳婦不爽快呢？她愛說話，因為她會說；她不大躲避男人，因為這正是作媳婦所應享的利益，特別是剛出嫁而有些本事的小媳婦，她自然願意把作姑娘時的靦腆收起一些，而大大方方的自居為「媳婦」。這點實在不能算作毛病。況且，她見了長輩又是那麼親熱體貼，慇勤的伺候，那麼她對年輕一點的人隨便一些也正是理之當然；她是爽快大方，所以對於年老的正像對於年少的，都願表示出親熱周到來。我沒因為她爽快而責備她過。

她有了孕，作了母親，她更好看了，也更大方了——我簡直的不忍再用那個「野」字！世界上還有比懷孕的少婦更可憐，年輕的母親更可愛的嗎？看她坐在門檻上，露著點胸，給小娃娃奶吃，我只能更愛她，而想不起責備她太不規矩。

到了二十四歲，我已有一兒一女。對於生兒養女，作丈夫的有什麼功勞呢！趕上高興，男子把娃娃抱起來，耍巴一回；其餘的苦處全是女人的。我不是個糊塗人，不必等誰告訴我才能明白這個。真的，生小孩，養育小孩，男人有時候想去幫忙也歸無用；不過，一個懂得點人事的人，自然該使作妻的痛快一些，自由一些；欺侮孕婦或一個年輕的母親，據我看，才真是混蛋呢！對於我的妻，自從有了小孩之後，我更放任了些；我認為這是當然的合理的。

再一說呢，夫婦是樹，兒女是花；有了花的樹才能顯出根兒深。一切猜忌，不放心，都應該減少，或者完全消滅；小孩子會把母親拴得結結實實的。所以，即使我覺得她有點野——真不願用這個臭字——我也不能不放心了，她是個母親呀。

四

直到如今，我還是不能明白那到底是怎麼一回事。

我所不能明白的事也就是當時教我差點兒瘋了的事，我的妻跟人家跑了。

我再說一遍，到如今我還不能明白那到底是怎回事。我不是個固執的人，因為我久在街面上，懂得人情，知道怎樣找出自己的長處與短處。但是，對於這件事，我把自己的短處都找遍了，也找不出應當受這種恥辱與懲罰的地方來。所以，我只能說我的聰明與和氣給我帶來禍患，因為我實在找不出別的道理來。

我有位師哥，這位師哥也就是我的仇人。街口上，人們都管他叫作黑子，我也就還這麼叫他吧；不便道出他的真名實姓來，雖然他是我的仇人。「黑子」，由於他的臉不白；不但不白，而且黑得特別，所以才有這個外號。他的臉真像個早年間人們揉的鐵球，黑，可是非常的亮；黑，可是光潤；黑，可是油光水滑的可愛。當他喝下兩盅酒，或發熱的時候，臉上紅起來，就好像落太陽時的一些黑雲，黑裡透出一些紅光。至於他的五官，簡直沒有什麼好看的地方，我比他漂亮多了。他的身量很高，可也不見得怎麼魁梧，高大而懈懈鬆鬆的。他所以不至教人討厭他，總而言之，都仗著那一張發亮的黑臉。

我跟他是很好的朋友。他既是我的師哥，又那麼傻大黑粗的，即使我不喜愛他，我也不能無緣無故的懷疑他。我的那點聰明不是給我預備著去猜疑人的；反之，我知道我的眼睛裡不容砂子，所以我因信任自己而信任別人。我以為我的朋友都不至於偷偷的對我掏壞招數。一旦我認定誰是個可交的人，我便真拿他當個朋友看待。

對於我這個師哥，即使他有可猜疑的地方，我也得敬重他，招待他，因為無論怎樣，他到底是我的師哥呀。同是一門兒學出來的手藝，又同在一個街口上混飯吃，有活沒活，一天至少也得見幾面；對這麼熟的人，我怎能不拿他當做個好朋友呢？有活，我們一同去做活；沒活，他總是到我家來吃飯喝茶，有時候也摸幾把索兒胡玩——那時候「麻將」還不十分時興。我和藹，他也不客氣；遇到什麼就吃什麼，遇到什麼就喝什麼，我一向不特別為他預備什麼，他也永遠不挑剔。他吃的很多，可是不懂得挑食。看他端著大碗，跟著我們吃熱湯兒麵什麼的，真是個痛快的事。他吃得四脖子汗流，嘴裡西啦胡嚕的響，臉上越來越紅，慢慢的成了個半紅的大煤球似的；誰能說這樣的人能存著什麼壞心眼兒呢！

一來二去，我由大家的眼神看出來天下並不很太平。可是，我並沒有怎麼往心裡擱這回事。假若我是個糊塗人，只有一個心眼，大概對這種事不會不聽見風就是雨，馬上鬧個天昏地暗，也許立刻把事情弄個水落石出，也許是望風捕影而弄一鼻子灰。我的心眼多，決不肯這麼糊塗瞎鬧，我得平心靜氣的想一想。

先想我自己，想不出我有什麼不對的地方來，即使我有許多毛病，反正至少我比師哥漂亮，聰明，更像個人兒。

再看師哥吧，他的長像，行為，財力，都不能教他為非作歹，他不是那種一見面就教女人動心的人。

最後，我詳詳細細的為我的年輕的妻子想一想：她跟了我已經四五年，我倆在一處不算不快樂。即使她的快樂是假裝的，而願意去跟個她真喜愛的人

——這在早年間幾乎是不能有的——大概黑子也絕不會是這個人吧？他跟我都是手藝人，他的身分一點不比我高。同樣，他不比我闊，不比我漂亮，不比我年輕；那麼，她貪圖的是什麼呢？想不出。就滿打說她是受了他的引誘而迷了心，可是他用什麼引誘她呢，是那張黑臉，那點本事，那身衣裳，腰裡那幾弔錢？笑話！哼，我要是有意的話嗎，我倒滿可以去引誘引誘女人；雖然錢不多，至少我有個樣子。黑子有什麼呢？再說，就是說她一時迷了心竅，分別不出好歹來，難道她就肯捨得那兩個小孩嗎？

我不能信大家的話，不能立時疏遠了黑子，也不能傻子似的去盤問她。我全想過了，一點縫子沒有，我只能慢慢的等著大家明白過來他們是多慮。即使他們不是憑空造謠，我也得慢慢的察看，不能無緣無故的把自己，把朋友，把妻子，都捲在黑土裏邊。有點聰明的人做事不能魯莽。

可是，不久，黑子和我的妻子都不見了。直到如今，我沒再見過他倆。為什麼她肯這麼辦呢？我非見著她，由她自己吐出實話，我不會明白。我自己的思想永遠不夠對付這件事的。

我真盼望能再見她一面，專為明白明白這件事。到如今我還是在個葫蘆裡。

當時我怎樣難過，用不著我自己細說。誰也能想到，一個年輕漂亮的人，守著兩個沒了媽的小孩，在家裡是怎樣的難過；一個聰明規矩的人，最親愛的妻子跟師哥跑了，在街面上是怎麼難堪。同情我的人，有話說不出，不認識我的人，聽到這件事，總不會責備我的師哥，而一直的管我叫「王八」。在咱們這講孝悌忠信的社會裡，人們很喜歡有個王八，好教大家有放手指頭的準頭。我的口閉上，我的牙咬住，我心中只有他們倆的影兒和一片血。不用教我見著他們，見著就是一刀，別的無須乎再說了。

在當時，我只想拚上這條命，才覺得有點人味兒。現在，事情過去這麼多年了。我可以細細的想這件事在我這一輩子裡的作用了。

我的嘴並沒閒著，到處我打聽黑子的消息。沒用，他倆真像石沉大海一般，打聽不著確實的消息，慢慢的我的怒氣消散了一些；說也奇怪，怒氣一消，我反倒可憐我的妻子。黑子不過是個手藝人，而這種手藝只能在京津一帶大城裡找到飯吃，鄉間是不需要講究的燒活的。那麼，假若他倆是逃到遠處去，他拿什麼養活她呢？哼，假若他肯偷好朋友的妻子，難道他就不會把她賣掉嗎？這個恐懼時常在我心中繞來繞去。我真希望她忽然逃回來，告訴我她怎樣上了當，受了苦處；假若她真跪在我的面前，我想我不會不收下她的，一個心愛的女人，永遠是心愛的，不管她做了什麼錯事。她沒有回來，沒有消息，我恨她一會兒，又可憐她一會兒，胡思亂想，我有時候整夜的不能睡。

過了一年多，我的這種亂想又輕淡了許多。是的，我這一輩子也不能忘了她，可是我不再為她思索什麼了。我承認了這是一段千真萬確的事實，不必為它多費心思了。

我到底怎樣了呢？這倒是我所要說的，因為這件我永遠猜不透的事在我這一輩子裡實在是件極大的事。這件事好像是在夢中丟失了我最親愛的人，一睜眼，她真的跑得無影無蹤了。這個夢沒法兒明白，可是它的真確勁兒是誰也受不了的。做過這麼個夢的人，就是沒有成瘋子，也得大大的改變；他是丟失了半個命呀！

五

最初，我連屋門也不肯出，我怕見那個又明又暖的太陽。頂難堪的是頭一次上街：抬著頭大大方方的走吧，準有人說我天生來的不知羞恥。低著頭走，便是自己招認了脊背發軟。怎麼著也不對。我可是問心無愧，沒做過一點對不起人的事。

我破了戒，又吸煙喝酒了。什麼背運不背運的，有什麼再比丟了老婆更倒楣的呢？我不求人家可憐我，也犯不上成心對誰要刺兒，我獨自吸煙喝酒，把委屈放在心裡好了。再沒有比不測的禍患更能掃除了迷信的；以前，我對什麼神仙都不敢得罪；現在，我什麼也不信，連活佛也不信了。迷信，我咂摸出來，是盼望得點意外的好處；趕到遇上意外的難處，你就什麼也不盼望，自然也不迷信了。我把財神和灶王的龕——我親手糊的——都燒了。親友中很有些人說我成了二毛子的。什麼二毛子三毛子的，我再不給誰磕頭。人若是不可靠，神仙就更沒準兒了。

我並沒變成憂鬱的人。這種事本來是可以把人愁死的，可是我沒往死牛犄角裡鑽。我原是個活潑的人，好吧，我要打算活下去，就得別丟了我的活潑勁兒。不錯，意外的大禍往往能忽然把一個人的習慣與脾氣改變了；可是我決定要保持住我的活潑。我吸煙，喝酒，不再信神佛，不過都是些使我活潑的方法。不管我是真樂還是假樂，我樂！在我學藝的時候，我就會這一招，經過這次的變動，我更必須這樣了。現在，我已快餓死了，我還是笑著，連我自己也說不清這是真的還是假的笑，反正我笑，多咱死了多咱我拚上嘴。

從那件事發生了以後，直到如今，我始終還是個有用的人，熱心的人，可是我心中有了個空兒。這個空兒是那件不幸的事給我留下的，像牆上中了槍彈，老有個小窟窿似的。我有用，我熱心，我愛給人家幫忙，但是不幸而事情沒辦到好處，或者想不到的扎手，我不著急，也不動氣，因為我心中有個空兒。這個空兒會教我在極熱心的時候冷靜，極歡喜的時候有點悲哀，我的笑常常和淚碰在一處，而分不清哪個是哪個。

這些，都是我心裡頭的變動，我自己要是不說——自然連我自己也說不大完全——大概別人無從猜到。在我的生活上，也有了變動，這是人人能看到的。我改了行，不再當裱糊匠，我沒臉再上街口去等生意，同行的人，認識我的，也必認識黑子；他們只須多看我幾眼，我就沒法再嚥下飯去。

在那報紙還不大時興的年月，人們的眼睛是比新聞還要厲害的。現在，離婚都可以上衙門去明說明講，早年間男女的事兒可不能這麼隨便。我把同行中的朋友全放下了，連我的師傅師母都懶得去看，我彷彿是要由這個世界一腳跳到另一個世界去。這樣，我覺得我才能獨自把那樁事關在心裡頭。

年頭的改變教裱糊匠們的活路越來越狹，但是要不是那回事，我也不會改行改得這麼快，這麼乾脆。放棄了手藝，沒什麼可惜；可是這麼放棄了手藝，我也不會感謝「那」回事兒！不管怎說吧，我改了行，這是個顯然的變動。

決定扔下手藝可不就是我準知道應該幹什麼去。我得去亂碰，像一隻空船浮在水面上，浪頭是它的指南針。在前面我已經說過，我認識字，還能抄抄寫寫，很夠當個小差事的。再說呢，當差是個體面的事，我這丟了老婆的人若能當上差，不用說那必能把我的名譽恢復了一些。現在想起來，這個想法真有點可笑；在當時我可是誠心的相信這是最高明的辦法。「八」字還沒有一撇兒，我覺得很高興，彷彿我已經很有把握，既得到差事，又能恢復了名譽。我的頭又抬得很高了。

哼！手藝是三年可以學成的；差事，也許要三十年才能得上吧！一個釘子跟著一個釘子，都預備著給我碰呢！我說我識字，哼！敢情有好些個能整本背書的人還挨餓呢。我說我會寫字，敢情會寫字的絕不算出奇呢。我把自己看得太高了。可是，我又親眼看見，那作著很大的官兒的，一天到晚山珍海味的吃著，連自己的姓都不大認得。那麼，是不是我的學問又太大了，而超過了作官所需要的呢？我這個聰明人也沒法兒不顯著糊塗了。

慢慢的，我明白過來。原來差事不是給本事預備著的，想做官第一得有人。這簡直沒了我的事，不管我有多麼大的本事。我自己是個手藝人，所認識的也是手藝人；我爸爸呢，又是個白丁，雖然是很有本事與品行的白丁。我上哪裡去找差事當呢？

事情要是逼著一個人走上哪條道兒，他就非去不可，就像火車一樣，軌道已擺好，照著走就是了，一出花樣準得翻車！我也是如此。決定扔下了手藝，而得不到個差事，我又不能老這麼閒著。好啦，我的面前已擺好了鐵軌，只准上前，不許退後。

我當了巡警。

巡警和洋車是大城裡頭給苦人們安好的兩條火車道。大字不識而什麼手藝也沒有的，只好去拉車。拉車不用什麼本錢，肯出汗就能吃窩窩頭。識幾個字而好體面的，有手藝而掙不上飯的，只好去當巡警；別的先不提，挑巡警用不著多大的人情，而且一挑上先有身制服穿著，六塊錢拿著；好歹是個差事。除了這條道，我簡直無路可走。我既沒混到必須拉車去的地步，又沒有作高官的舅舅或姐丈，巡警正好不高不低，只要我肯，就能穿上一身銅鈕子的制服。當兵比當巡警有起色，即使熬不上軍官，至少能有搶劫些東西的機會。可是，我不能去當兵，我家中還有倆沒娘的小孩呀。當兵要野，當巡警要文明；換句話說，當兵有發邪財的機會，當巡警是窮而文明一輩子；窮得要命，文明得稀鬆！

以後這五六十年的經驗，我敢說這麼一句：真會辦事的人，到時候才說話，愛張羅辦事的人——像我自己——沒話也找話說。我的嘴老不肯閒著，對什麼事我都有一片說詞，對什麼人我都想很恰當的給起個外號。我受了報應：第一件事，我丟了老婆，把我的嘴封起來一二年！第二件是我當了巡警。

在我還沒當上這個差事的時候，我管巡警們叫作「馬路行走」，「避風閣大學士」和「臭腳巡」。這些無非都是說巡警們的差事只是站馬路，無事忙，跑臭腳。哼！我自己當上「臭腳巡」了！生命簡直就是自己和自己開玩笑，一點不假！我自己打了自己的嘴巴，可並不因為我做了什麼缺德的事；至多也不過愛多說幾句玩笑話罷了。在這裡，我認識了生命的嚴肅，連句玩笑話都說不得的！好在，我心中有個空兒；我怎麼叫別人「臭腳巡」，也照樣叫自己。這在早年間叫作「抹稀泥」，現在的新名詞應叫著什麼，我還沒能打聽出來。

我沒法不去當巡警，可是真覺得有點委屈。是呀，我沒有什麼出眾的本事，但是論街面上的事，我敢說我比誰知道的也不少。巡警不是管街面上的事情嗎？那麼，請看看那些警官兒吧：有的連本地的話都說不上來，二加二是四還是五都得想半天。哼！他是官，我可是「招募警」；他的一雙皮鞋夠開我半年的餉！他什麼經驗與本事也沒有，可是他作官。這樣的官兒多了去啦！上哪兒講理去呢？記得有位教官，頭一天教我們操法的時候，忘了叫「立正」，而叫了「閘住」。用不著打聽，這位大爺一定是拉洋車出身。有人情就行，今天你拉車，明天你姑父作了什麼官兒，你就可以弄個教官噹噹；叫「閘住」也沒關係，誰敢笑教官一聲呢！

這樣的自然是不多，可是有這麼一位教官，也就可以教人想到巡警的操法是怎麼稀鬆二五眼了。內堂的功課自然絕不是這樣教官所能擔任的，因為至少得認識些個字才能「虎」得下來。

我們的內堂的教官大概可以分為兩種：一種是老人兒們，多數都有口鴉片煙癮；他們要是能講明白一樣東西，就憑他們那點人情，大概早就作上大官兒了；唯其什麼也講不明白，所以才來作教官。

另一種是年輕的小夥子們，講的都是洋事，什麼東洋巡警怎麼樣，什麼法國違警律如何，彷彿我們都是洋鬼子。這種講法有個好處，就是他們信口開河瞎扯，我們一邊打盹一邊聽著，誰也不準知道東洋和法國是什麼樣兒，可不就隨他的便說吧。

我滿可以編一套美國的事講給大家聽，可惜我不是教官罷了。這群年輕的小人們真懂外國事兒不懂，無從知道；反正我準知道他們一點中國事兒也不曉得。這兩種教官的年紀上學問上都不同，可是他們有個相同的地方，就是他們都高不成低不就，所以對對付付的只能作教官。他們的人情真不小，可是本事太差，所以來教一群為六塊洋錢而一聲不敢出的巡警就最合適。

教官如此，別的警官也差不多是這樣。想想：誰要是能去作一任知縣或稅局局長，誰肯來作警官呢？前面我已交代過了，當巡警是高不成低不就，不得已而為之。警官也是這樣。這群人由上至下全是「狗熊耍扁擔，混碗兒飯吃」。不過呢，巡警一天到晚在街面上，不論怎樣抹稀泥，多少得能說會道，見機而作，把大事化小，小事化無；既不多給官面上惹麻煩，又讓大家都過得去；真的吧假的吧，這總得算點本事。而作警官的呢，就連這點本事似乎也不必有。閻王好作，小鬼難當誠然！

六

我再多說幾句，或者就沒人再說我太狂傲無知了。我說我覺得委屈，真是實話；請看吧：一月掙六塊錢，這跟當僕人的一樣，而沒有僕人們那些「外找兒」；死掙六塊錢，就憑這麼個大人——腰板挺直，樣子漂亮，年輕力壯，能說會道，還得識文斷字！這一大堆資格，一共值六塊錢！

六塊錢餉糧，扣去三塊半錢的伙食，還得扣去什麼人情公議兒，淨剩也就是兩塊上下錢吧。衣服自然是可以穿官發的，可是到休息的時候，誰肯還穿著制服回家呢；那麼，不作不作也得有件大褂什麼的。要是把錢作了大褂，一個月就算白混。再說，誰沒有家呢？父母——嘔，先別提父母吧！就說一夫一妻吧：至少得賃一間房，得有老婆的吃，喝，穿。就憑那兩塊大洋！誰也不許生病，不許生小孩，不許吸煙，不許吃點零碎東西；連這麼著，月月還不夠嚼穀！

我就不明白為什麼肯有人把姑娘嫁給當巡警的，雖然我常給同事的做媒。

當我一到女家提說的時候，人家總對我一撇嘴，雖不明說，但是意思很明顯，「哼！當巡警的！」可是我不怕這一撇嘴，因為十回倒有九回是撇完嘴而點了頭。難道是世界上的姑娘太多了嗎？我不知道。

由哪面兒看，巡警都活該是鼓著腮梆子充胖子而教人哭不得笑不得的。穿起制服來，乾淨俐落，又體面又威風，車馬行人，打架吵嘴，都由他管著。他這是差事；可是他一月除了吃飯，淨剩兩塊來錢。他自己也知道中氣不足，可是不能不硬挺著腰板，到時候他得娶妻生子，還是仗著那兩塊來錢。提婚的時候，頭一句是說：「小人呀當差！」當差的底下還有什麼呢？沒人願意細問，一問就糟到底。

是的，巡警們都知道自己怎樣的委屈，可是風裡雨裡他得去巡街下夜，一點懶兒不敢偷；一偷懶就有被開除的危險；他委屈，可不敢抱怨，他勞苦，可不敢偷閒，他知道自己在這裡混不出來什麼，而不敢冒險擱下差事。這點差事扔了可惜，作著又沒勁；這些人也就人兒似的先混過一天是一天，在沒勁中要露出勁兒來，像打太極拳似的。

世上為什麼應當有這種差事，和為什麼有這樣多肯作這種差事的人？我想不出來。假若下輩子我再托生為人，而且忘了喝迷魂湯，還記得這一輩子的事，我必定要扯著脖子去喊：這玩藝兒整個的是丟人，是欺騙，是殺人不流血！現在，我老了，快餓死了，連喊這麼幾句也顧不及了，我還得先為下頓的窩窩頭著忙呀！

自然在我初當差的時候，我並沒有一下子就把這些都看清楚了，誰也沒有那麼聰明。反之，一上手當差我倒覺出點高興來：穿上整齊的制服，靴帽，的確我是漂亮精神，而且心裡說：好吧歹吧，這是個差事；憑我的聰明與本事，不久我必有個升騰。

我很留神看巡長巡官們制服上的銅星與金道，而想像著我將來也能那樣。我一點也沒想到那銅星與金道並不按著聰明與本事頒給人們呀。

新鮮勁兒剛一過去，我已經討厭那身制服了。它不教任何人尊敬，而只能告訴人：「臭腳巡」來了！拿制服的本身說，它也很討厭：夏天它就像牛皮似的，把人悶得滿身臭汗；冬天呢，它一點也不像牛皮了，而倒像是紙糊的；它不許誰在裏邊多穿一點衣服，只好任著狂風由胸口鑽進來，由脊背鑽出去，整打個穿堂！

再看那雙皮鞋，冬冷夏熱，永遠不教腳舒服一會兒；穿單襪的時候，它好像是兩大簍子似的，腳指腳踵都在裏邊亂抓弄，而始終找不到鞋在哪裡；到穿棉襪的時候，它們忽然變得很緊，不許棉襪與腳一齊伸進去。

有多少人因包辦制服皮鞋而發了財，我不知道，我只知道我的腳永遠爛著，夏天鬧濕氣，冬天鬧凍瘡。自然，爛腳也得照常的去巡街站崗，要不然就別掙那六塊洋錢！多麼熱，或多麼冷，別人都可以找地方去躲一躲，連洋車伕都可以自由的歇半天，巡警得去巡街，得去站崗，熱死凍死都活該，那六塊現大洋買著你的命呢！

記得在哪兒看見過這麼一句：食不飽，力不足。不管這句在原地方講的是什麼吧，反正拿來形容巡警是沒有多大錯兒的。最可憐，又可笑的是我們既吃不飽，還得挺著勁兒，站在街上得像個樣子！要飯的花子有時不餓也彎著腰，假充餓了三天三夜；反之，巡警卻不飽也得鼓起肚皮，假裝剛吃完三大碗雞絲麵似的。花子裝餓倒有點道理，我可就是想不出巡警假裝酒足飯飽有什麼理由來，我只覺得這真可笑。

人們都不滿意巡警的對付事，抹稀泥。哼！抹稀泥自有它的理由。不過，在細說這個道理之前，我願先說件極可怕的事。有了這件可怕的事，我再反回頭來細說那些理由，彷彿就更順當，更生動。好！就這樣辦啦。

七

應當有月亮，可是教黑雲給遮住了，處處都很黑。我正在個僻靜的地方巡夜。我的鞋上釘著鐵掌，那時候每個巡警又須帶著一把東洋刀，四下裡鴉雀無聲，聽著我自己的鐵掌與佩刀的聲響，我感到寂寞無聊，而且幾乎有點害怕。眼前忽然跑過一隻貓，或忽然聽見一聲鳥叫，都教我覺得不是味兒，勉強著挺起胸來，可是心中總空空虛虛的，彷彿將有些什麼不幸的事情在前面等著我。不完全是害怕，又不完全氣粗膽壯，就那麼怪不得勁的，手心上出了點涼汗。

平日，我很有點膽量，什麼看守死屍，什麼獨自看管一所髒房，都算不了一回事。不知為什麼這一晚上我這樣膽虛，心裡越要恥笑自己，便越覺得不定哪裡藏著點危險。我不便放快了腳步，可是心中急切的希望快回去，回到那有燈光與朋友的地方去。

忽然，我聽見一排槍！我立定了，膽子反倒壯起來一點；真正的危險似乎倒可以治好了膽虛，驚疑不定才是恐懼的根源。我聽著，像夜行的馬豎起耳朵那樣。又一排槍，又一排槍！沒聲了，我等著，聽著，靜寂得難堪。像看見閃電而等著雷聲那樣，我的心跳得很快。拍，拍，拍，拍，四面八方都響起來了！

我的膽氣又漸漸的往下低落了。一排槍，我壯起氣來；槍聲太多了，真遇到危險了；我是個人，人怕死；我忽然的跑起來，跑了幾步，猛的又立住，聽一聽，槍聲越來越密，看不見什麼，四下漆黑，只有槍聲，不知為什麼，不知在哪裡，黑暗裡只有我一個人，聽著遠處的槍響。往哪裡跑？到底是什麼事？應當想一想，又顧不得想；膽大也沒用，沒有主意就不會有膽量。還是跑吧，糊塗的亂動，總比呆立哆嗦著強。我跑，狂跑，手緊緊的握住佩刀。像受了驚的貓狗，不必想也知道往家裡跑。我已忘了我是巡警，我得先回家看看我那沒娘的孩子去，要是死就死在一處！

要跑到家，我得穿過好幾條大街。剛到了頭一條大街，我就曉得不容易再跑了。街上黑黑忽忽的人影，跑得很快，隨跑隨著放槍。兵！我知道那是些辮子兵。而我才剛剪了髮不多日子。我很後悔我沒像別人那樣把頭髮盤起來，而是連根兒爛真正剪去了辮子。假若我能馬上放下辮子來，雖然這些兵們平素很討厭巡警，可是因為我有辮子或者不至於把槍口衝著我來。在他們眼中，沒有辮子便是二毛子，該殺。我沒有了這麼條寶貝！

我不敢再動，只能藏在黑影裡，看事行事。兵們在路上跑，一隊跟著一隊，槍聲不停。我不曉得他們是幹什麼呢？待了一會兒，兵們好像是都過去了，我往外探了探頭，見外面沒有什麼動靜，我就像一隻夜鳥兒似的飛過了馬路，到了街的另一邊。

在這極快的穿過馬路的一會兒裡，我的眼梢撩著一點紅光。十字街頭起了火。我還藏在黑影裡，不久，火光遠遠的照亮了一片；再探頭往外看，我已可以影影抄抄的看到十字街口，所有四面把角的鋪戶已全燒起來，火影中那些兵們來回的奔跑，放著槍。我明白了，這是兵變。不久，火光更多了，一處接著一處，由光亮的距離我可以斷定：凡是附近的十字口與丁字街全燒了起來。

說句該挨嘴巴的話，火是真好看！遠處，漆黑的天上，忽然一白，緊跟著又黑了。忽然又一白，猛的冒起一個紅團，有一塊天像燒紅的鐵板，紅得可怕。在紅光裡看見了多少股黑煙，和火舌們高低不齊的往上冒，一會兒煙遮住了火苗；一會兒火苗衝破了黑煙。黑煙滾著，轉著，千變萬化的往上升，凝成一片，罩住下面的火光，像濃霧掩住了夕陽。

待一會兒，火光明亮了一些，煙也改成灰白色兒，純淨，旺熾，火苗不多，而光亮結成一片，照明了半個天。那近處的，煙與火中帶著種種的響聲，煙往高處起，火往四下裡奔；煙像些醜惡的黑龍，火像些亂長亂鑽的紅鐵筍。煙裹著火，火裹著煙，捲起多高，忽然離散，黑煙裡落下無數的火花，或者三五個極大的火團。

火花火團落下，煙像痛快輕鬆了一些，翻滾著向上冒。火團下降，在半空中遇到下面的火柱，又狂喜的往上跳躍，炸出無數火花。火團遠落，遇到可以燃燒的東西，整個的再點起一把新火，新煙掩住舊火，一時變為黑暗；新火衝出了黑煙，與舊火聯成一氣，處處是火舌，火柱，飛舞，吐動，搖擺，癲狂。忽然嘩啦一聲，一架房倒下去，火星，焦炭，塵土，白煙，一齊飛揚，火苗壓在下面，一齊在底下往橫裡吐射，像千百條探頭吐舌的火蛇。靜寂，靜寂，火蛇慢慢的，忍耐的，往上翻。繞到上邊來，與高處的火接到一處，通明，純亮，忽忽的響著，要把人的心全照亮了似的。

我看著，不，不但看著，我還聞著呢！在種種不同的味道裡，我咂摸著：

這是那個金匾黑字的綢緞莊，那是那個山西人開的油酒店。由這些味道，我認識了那些不同的火團，輕而高飛的一定是茶葉鋪的，遲笨黑暗的一定是布店的。這些買賣都不是我的，可是我都認得，聞著它們火葬的氣味，看著它們火團的起落，我說不上來心中怎樣難過。

我看著，聞著，難過，我忘了自己的危險，我彷彿是個不懂事的小孩，只顧了看熱鬧，而忘了別的一切。我的牙打得很響，不是為自己害怕，而是對這奇慘的美麗動了心。

回家是沒希望了。我不知道街上一共有多少兵，可是由各處的火光猜度起來，大概是熱鬧的街口都有他們。他們的目的是搶劫，可是順著手兒已經燒了這麼多鋪戶，焉知不就棍打腿的殺些人玩玩呢？我這剪了髮的巡警在他們眼中還不和個臭蟲一樣，只須一摟槍機就完了，並不費多少事。

想到這個，我打算回到「區」裡去，「區」離我不算遠，只須再過一條街就行了。可是，連這個也太晚了。當槍聲初起的時候，連貧帶富，家家關了門；街上除了那些橫行的兵們，簡直成了個死城。及至火一起來，鋪戶裡的人們開始在火影裡奔走，膽大一些的立在街旁，看著自己的或別人的店鋪燃燒，沒人敢去救火，可也捨不得走開，只那麼一聲不出的看著火苗亂竄。膽小一些的呢，爭著往胡同裡藏躲，三五成群的藏在巷內，不時向街上探探頭，沒人出聲，大家都哆嗦著。

火越燒越旺了，槍聲慢慢的稀少下來，胡同裡的住戶彷彿已猜到是怎麼一回事，最先是有人開門向外望望，然後有人試著步往街上走。街上，只有火光人影，沒有巡警，被兵們搶過的當鋪與首飾店全大敞著門！……這樣的街市教人們害怕，同時也教人們膽大起來；一條沒有巡警的街正像是沒有老師的學房，多麼老實的孩子也要鬧哄鬧哄。

一家開門，家家開門，街上人多起來；鋪戶已有被搶過的了，跟著搶吧！平日，誰能想到那些良善守法的人民會去搶劫呢？哼！機會一到，人們立刻顯露了原形。說聲搶，壯實的小夥子們首先進了當鋪，金店，鐘錶行。男人們回去一趟，第二趟出來已攙夾上女人和孩子們。被兵們搶過的鋪子自然不必費事，進去隨便拿就是了；可是緊跟著那些尚未被搶過的鋪戶的門也擱不住誰了。糧食店，茶葉鋪，百貨店，什麼東西也是好的，門板一律砸開。

我一輩子只看見了這麼一回大熱鬧：男女老幼喊著叫著，狂跑著，擁擠著，爭吵著，砸門的砸門，喊叫的喊叫，磕喳！門板倒下去，一窩蜂似的跑進去，亂擠亂抓，壓倒在地的狂號，身體俐落的往櫃檯上躥，全紅著眼，全拚著命，全奮勇前進，擠成一團，倒成一片，散走全街。背著，抱著，扛著，曳著，像一片戰勝的螞蟻，昂首疾走，去而復歸，呼妻喚子，前呼後應。

苦人當然出來了，哼！那中等人家也不甘落後呀！

貴重的東西先搬完了，煤米柴炭是第二撥。有的整罈的搬著香油，有的獨自扛著兩口袋麵，瓶子罐子碎了一街，米麵撒滿了便道，搶啊！搶啊！搶啊！誰都恨自己只長了一雙手，誰都嫌自己的腿腳太慢；有的人會推著一罈子白糖，連人帶罈在地上滾，像屎殼郎推著個大糞球。

強中自有強中手，人是到處會用腦子的！有人拿出切菜刀來了，立在巷口等著：「放下！」刀晃了晃。口袋或衣服，放下了；安然的，不費力的，拿回家去。「放下！」不靈驗，刀下去了，把麵口袋砍破，下了一陣小雪，二人滾在一團。過路的急走，稍帶著說了句：「打什麼，有的是東西！」兩位明白過來，立起來向街頭跑去。搶啊，搶啊！有的是東西！

我擠在了一群買賣人的中間，藏在黑影裡。我並沒說什麼，他們似乎很明白我的困難，大家一聲不出，而緊緊的把我包圍住。不要說我還是個巡警，連他們買賣人也不敢抬起頭來。他們無法去保護他們的財產與貨物，誰敢出頭抵抗誰就是不要命，兵們有槍，人民也有切菜刀呀！是的，他們低著頭，好像倒怪羞慚似的。他們唯恐和搶劫的人們——也就是他們平日的照顧主兒——對了臉，羞惱成怒，在這沒有王法的時候，殺幾個買賣人總不算一回事呢！所以，他們也保護著我。想想看吧，這一帶的居民大概不會不認識我吧！我三天兩頭的到這裡來巡邏。平日，他們在牆根撒尿，我都要討他們的厭，上前干涉；他們怎能不恨惡我呢！現在大家正在興高采烈的白拿東西，要是遇見我，他們一人給我一磚頭，我也就活不成了。即使他們不認識我，反正我是穿著制服，佩著東洋刀呀！在這個局面下，冒而咕咚的出來個巡警，夠多麼不合適呢！我滿可以上前去道歉，說我不該這麼冒失，他們能白白的饒了我嗎？

街上忽然清靜了一些，便道上的人紛紛往胡同裡跑，馬路當中走著七零八散的兵，都走得很慢；我摘下帽子，從一個學徒的肩上往外看了一眼，看見一位兵士，手裡提著一串東西，像一串兒螃蟹似的。我能想到那是一串金銀的鐲子。他身上還有多少東西，不曉得，不過一定有許多硬貨，因為他走得很慢。

多麼自然，多麼可羨慕呢！自自然然的，提著一串鐲子，在馬路中心緩緩的走，有燒亮的鋪戶作著巨大的火把，給他們照亮了全城！

兵過去了，人們又由胡同裡鑽出來。東西已搶得差不多了，大家開始搬鋪戶的門板，有的去摘門上的匾額。我在報紙上常看見「徹底」這兩個字，咱們的良民們打搶的時候才真正徹底呢！

這時候，鋪戶的人們才有出頭喊叫的：「救火呀：救火呀！別等著燒淨了呀！」喊得教人一聽見就要落淚！我身旁的人們開始活動。我怎麼辦呢？他們要是都去救火，剩下我這一個巡警，往哪兒跑呢？我拉住了一個屠戶！他脫給了我那件滿是豬油的大衫。把帽子夾在夾肢窩底下。一手握著佩刀，一手揪著大襟，我擦著牆根，逃回「區」裡去。

八

我沒去搶，人家所搶的又不是我的東西，這回事簡直可以說和我不相干。可是，我看見了，也就明白了。明白了什麼？我不會乾脆的，恰當的，用一半句話說出來；我明白了點什麼意思，這點意思教我幾乎改變了點脾氣。丟老婆是一件永遠忘不了的事，現在它有了伴兒，我也永遠忘不了這次的兵變。丟老婆是我自己的事，只須記在我的心裡，用不著把家事國事天下事全拉扯上。這次的變亂是多少萬人的事，只要我想一想，我便想到大家，想到全城，簡直的我可以用這回事去斷定許多的大事，就好像報紙上那樣談論這個問題那個問題似的。對了，我找到了一句漂亮的了。這件事教我看出一點意思，由這點意思我咂摸著許多問題。不管別人聽得懂這句與否，我可真覺得它不壞。

我說過了：自從我的妻潛逃之後，我心中有了個空兒。經過這回兵變，那個空兒更大了一些，鬆鬆通通的能容下許多玩藝兒。還接著說兵變的事吧！把它說完全了，你也就可以明白我心中的空兒為什麼大起來了。

當我回到宿舍的時候，大家還全沒睡呢。不睡是當然的，可是，大家一點也不顯著著急或恐慌，吸煙的吸煙，喝茶的喝茶，就好像有紅白事熬夜那樣。我的狼狽的樣子，不但沒引起大家的同情，倒招得他們直笑。我本排著一肚子話要向大家說，一看這個樣子也就不必再言語了。我想去睡，可是被排長給攔住了：「別睡！待一會兒，天一亮，咱們全得出去彈壓地面！」這該輪到我發笑了；街上燒搶到那個樣子，並不見一個巡警，等到天亮再去彈壓地面，豈不是天大的笑話！命令是命令，我只好等到天亮吧！

還沒到天亮，我已經打聽出來：原來高級警官們都預先知道兵變的事兒，可是不便於告訴下級警官和巡警們。這就是說，兵變是員警們管不了的事，要變就變吧；下級警官和巡警們呢，夜間糊糊塗塗的照常去巡邏站崗，是生是死隨他們去！這個主意夠多麼活動而毒辣呢！再看巡警們呢，全和我自己一樣，聽見槍聲就往回跑，誰也不傻。這樣巡警正好對得起這樣警官，自上而下全是瞎打混的當「差事」，一點不假！

雖然很要睏，我可是急於想到街上去看看，夜間那一些情景還都在我的心裡，我願白天再去看一眼，好比較比較，教我心中這張畫兒有頭有尾。天亮得似乎很慢，也許是我心中太急。天到底慢慢的亮起來，我們排上隊。我又要笑，有的人居然把盤起來的辮子梳好了放下來，巡長們也作為沒看見。有的人在快要排隊的時候，還細細刷了刷制服，用布擦亮了皮鞋！街上有那麼大的損失，還有人顧得擦亮了鞋呢。我怎能不笑呢！

到了街上，我無論如何也笑不出了！從前，我沒真明白過什麼叫作「慘」，這回才真曉得了。天上還有幾顆懶得下去的大星，雲色在灰白中稍微帶出些藍，清涼，暗淡。到處是焦糊的氣味，空中游動著一些白煙。鋪戶全敞著門，沒有一個整窗子，大人和小徒弟都在門口，或坐或立，誰也不出聲，也不動手收拾什麼，像一群沒有主兒的傻羊。

火已經停止住延燒，可是已被燒殘的地方還靜靜的冒著白煙，吐著細小而明亮的火苗。微風一吹，那燒焦的房柱忽然又亮起來，順著風擺開一些小火旗。最初起火的幾家已成了幾個巨大的焦土堆，山牆沒有倒，空空的圍抱著幾座冒煙的墳頭。最後燃燒的地方還都立著，牆與前臉全沒塌倒，可是門窗一律燒掉，成了些黑洞。有一隻貓還在這樣的一家門口坐著，被煙薰的連連打嚏，可是還不肯離開那裡。

平日最熱鬧體面的街口變成了一片焦木頭破瓦，成群的焦柱靜靜的立著，東西南北都是這樣，懶懶的，無聊的，欲罷不能的冒著些煙。地獄什麼樣？我不知道。大概這就差不多吧！我一低頭，便想起往日街頭上的景象，那些體面的鋪戶是多麼華麗可愛。一抬頭，眼前只剩了焦糊的那麼一片。心中記得的景象與眼前看見的忽然碰到一處，碰出一些淚來。這就叫作「慘」吧？火場外有許多買賣人與學徒們呆呆的立著，手揣在袖裡，對著殘火發愣。遇見我們，他們只淡淡的看那麼一眼，沒有任何別的表示，彷彿他們已絕了望，用不著再動什麼感情。

過了這一帶火場，鋪戶全敞著門窗，沒有一點動靜，便道上馬路上全是破碎的東西，比那火場更加悽慘。火場的樣子教人一看便知道那是遭了火災，這一片破碎靜寂的鋪戶與東西使人莫名其妙，不曉得為什麼繁華的街市會忽然變成絕大的垃圾堆。我就被派在這裡站崗。我的責任是什麼呢？不知道。我規規矩矩的立在那裡，連動也不敢動，這破爛的街市彷彿有一股涼氣，把我吸住。一些婦女和小孩子還在鋪子外邊拾取一些破東西，鋪子的人不作聲，我也不便去管；我覺得站在那裡簡直是多此一舉。

太陽出來，街上顯著更破了，像陽光下的叫化子那麼醜陋。地上的每一個小物件都露出顏色與形狀來，花哨的奇怪，雜亂得使人憋氣。沒有一個賣菜的，趕早市的，賣早點心的，沒有一輛洋車，一匹馬，整個的街上就是那麼破破爛爛，冷冷清清，連剛出來的太陽都彷彿垂頭喪氣不大起勁，空空洞洞的懸在天上。一個郵差從我身旁走過去，低著頭，身後扯著一條長影。我哆嗦了一下。

待了一會兒，段上的巡官下來了。他身後跟著一名巡警，兩人都非常的精神在馬路當中噹噹的走，好像得了什麼喜事似的。巡官告訴我：注意街上的秩序，大令已經下來了！我行了禮，莫名其妙他說的是什麼？那名巡警似乎看出來我的傻氣，低聲找補了一句：趕開那些拾東西的，大令下來了！我沒心思去執行，可是不敢公然違抗命令，我走到鋪戶外邊，向那些婦人孩子們擺了擺手，我說不出話來！

一邊這樣維持秩序，我一邊往豬肉鋪走，為是說一聲，那件大褂等我給洗好了再送來。屠戶在小肉鋪門口坐著呢，我沒想到這樣的小鋪也會遭搶，可是竟自成個空鋪子了。我說了句什麼，屠戶連頭也沒抬。我往鋪子裡望了望：大小肉墩子，肉鉤子，銀筒子，油盤，凡是能拿走的吧，都被人家拿走了，只剩下了櫃檯和架肉案子的土台！

我又回到崗位，我的頭痛得要裂。要是老教我看著這條街，我知道不久就會瘋了。

大令真到了。十二名兵，一個長官，捧著就地正法的令牌，槍全上著刺刀。嘔！原來還是辮子兵啊！他們搶完燒完，再出來就地正法別人；什麼玩藝呢？我還得給令牌行禮呀！

行完禮，我急快往四下裡看，看看還有沒有撿拾零碎東西的人，好警告他們一聲。連屠戶的木墩都搬了走的人民，本來值不得同情；可是被辮子兵們殺掉，似乎又太冤枉。

說時遲，那時快，一個十四五歲的男孩子沒有走脫。槍刺圍住了他，他手中還摸住一塊木板與一隻舊鞋。拉倒了，大刀亮出來，孩子喊了聲「媽！」血濺出去多遠，身子還抽動，頭已懸在電線杆子上！

我連吐口唾沫的力量都沒有了，天地都在我眼前翻轉。殺人，看見過，我不怕。我是不平！我是不平！請記住這句，這就是前面所說過的，「我看出一點意思」的那點意思。想想看，把整串的金銀鐲子提回營去，而後出來殺個拾了雙破鞋的孩子，還說就地正「法」呢！天下要有這個「法」，我x「法」的親娘祖奶奶！請原諒我的嘴這麼野，但是這種事恐怕也不大文明吧？

事後，我聽人家說，這次的兵變是有什麼政治作用，所以打搶的兵在事後還出來彈壓地面。連頭帶尾，一切都是預先想好了的。什麼政治作用？咱不懂！咱只想再罵街。可是，就憑咱這麼個「臭腳巡」，罵街又有什麼用呢！

九

簡直我不願再提這回事了，不過為圓上場面，我總得把問題提出來；提出來放在這裡，比我聰明的人有的是，讓他們自己去細咂摸吧！

怎麼會「政治作用」裡有兵變？

若是有意教兵來搶，當初幹嗎要巡警？

巡警到底是幹嗎的？是只管在街上小便的，而不管搶鋪子的嗎？

安善良民要是會打搶，巡警幹嗎去專拿小偷？

人們到底願意要巡警不願意？不願意吧！為什麼剛要打架就喊巡警，而且月月往外拿「警捐」？願意吧！為什麼又喜歡巡警不管事：要搶的好去搶，被搶的也一聲不言語？

好吧，我只提出這麼幾個「樣子」來吧！問題還多得很呢！我既不能去解決，也就不便再瞎叨叨了。這幾個「樣子」就真夠教我糊塗的了，怎想怎不對，怎摸不清哪裡是哪裡，一會兒它有頭有尾，一會兒又沒頭沒尾，我這點聰明不夠想這麼大的事的。

我只能說這麼一句老話，這個人民，連官兒，兵丁，巡警，帶安善的良民，都「不夠本」！所以，我心中的空兒就更大了呀！在這群「不夠本」的人們裡活著，就是個對付勁兒，別講究什麼「真」事兒，我算是看明白了。

還有個好字眼兒，別忘下：「湯兒事」。誰要是跟我一樣，想不出什麼好辦法來，頂好用這個話，又現成，又恰當，而且可以不至把自己繞糊塗了。「湯兒事」，完了；如若還嫌稍微禿一點呢，再補上「真他媽的」，就挺合適。

十

不須再發什麼議論，大概誰也能看清楚咱們國的人是怎回事了。由這個再談到員警，稀鬆二五眼正是理之當然，一點也不出奇。就拿抓賭來說吧：早年間的賭局都是由頂有字號的人物作後台老闆；不但官面上不能夠抄拿，就是出了人命也沒有什麼了不得的；賭局裡打死人是常有的事。

趕到有了巡警之後，賭局還照舊開著，敢去抄嗎？這誰也能明白，不必我說。可是，不抄吧，又太不像話；怎麼辦呢？有主意，撿著那老實的辦幾案，拿幾個老頭兒老太太，抄去幾打兒紙牌，罰上十頭八塊的。巡警呢，算交上了差事；社會上呢，大小也有個風聲，行了。拿這一件事比方十件事，員警自從一開頭就是抹稀泥。它養著一群混飯吃的人，作些個混飯吃的事。社會上既不需要真正的巡警，巡警也犯不上為六塊錢賣命。這很清楚。

這次兵變過後，我們的困難增多了老些。年輕的小夥子們，搶著了不少的東西，總算發了邪財。有的穿著兩件馬褂，有的十個手指頭戴著十個戒指，都洋洋得意的在街上扭，斜眼看著巡警，鼻子裡嘎硬的哼白氣。我只好低下頭去，本來嗎，那麼大的陣式，我們巡警都一聲沒出，事後還能怨人家小看我們嗎？賭局到處都是，白搶來的錢，輸光了也不折本兒呀！我們不敢去抄，想抄也抄不過來，太多了。我們在牆兒外聽見人家裡面喊「人九」，「對子」，只作為沒聽見，輕輕的走過去。反正人們在院兒裡頭耍，不到街上來就行。哼！人們連這點面子也不給咱們留呀！

那穿兩件馬褂的小夥子們偏要顯出一點也不怕巡警——他們的祖父，爸爸，就沒怕過巡警，也沒見過巡警，他們為什麼這輩子應當受巡警的氣呢？——單要來到街上賭一場。有骰子就能開寶，蹲在地上就玩起活來。有一對石球就能踢，兩人也行，五個人也行，「一毛錢一腳，踢不踢？好啦！『倒回來！』」拍，球碰了球，一毛。耍兒真不小呢，一點鐘裡也過手好幾塊。

這都在我們鼻子底下，我們管不管呢？管吧！一個人，只佩著連豆腐也切不齊的刀，而賭家老是一幫年輕的小夥子。明人不吃眼前虧，巡警得繞著道兒走過去，不管的為是。可是，不幸，遇見了員警，「你難道瞎了眼，看不見他們聚賭？」回去，至輕是記一過。這份兒委屈上哪兒訴去呢？這樣的事還多得很呢！以我自己說，我要不是佩著那麼把破刀，而是拿著把手槍，跟誰我也敢碰碰，六塊錢的餉銀自然合不著賣命，可是泥人也有個土性，架不住碰在氣頭兒上。可是，我摸不著手槍，槍在土匪和大兵手裡呢。

明明看見了大兵坐了車不給錢，而且用皮帶抽洋車伕，我不敢不笑著把他勸了走。他有槍，他敢放，打死個巡警算得了什麼呢！有一年，在三等窯子裡，大兵們打死了我們三位弟兄，我們連凶首也沒要出來。三位弟兄白白的死了，沒有一個抵償的，連一個挨幾十軍棍的也沒有！他們的槍隨便放，我們赤手空拳，我們這是文明事兒呀！

總而言之吧，在這麼個以蠻橫不講理為榮，以破壞秩序為增光耀祖的社會裡，巡警簡直是多餘。明白了這個，再加上我們前面所說過的食不飽力不足那一套，大概誰也能明白個八九成了。我們不抹稀泥，怎麼辦呢？我——我是個巡警——並不求誰原諒，我只是願意這麼說出來，心明眼亮，好教大家心裡有個譜兒。

爽性我把最洩氣的也說了吧：

當過了一二年差事，我在弟兄們中間已經是個了不得的人物。遇見官事，長官們總教我去擋頭一陣。弟兄們並不因此而忌妒我，因為對大家的私事我也不走在後邊。這樣，每逢出個排長的缺，大家總對我咕唧：「這回一定是你補缺了！」彷彿他們非常希望我這麼個排長似的。雖然排長並沒落在我身上，可是我的才幹是大家知道的。

我的辦事訣竅，就是從前面那一大堆話中抽出來的。比方說吧，有人來報被竊，巡長和我就去察看。糙糙的把門窗戶院看一過兒，順口搭音就把我們在哪兒有崗位，夜裡有幾趟巡邏，都說得詳詳細細，有滋有味，彷彿我們比誰都精細，都賣力氣。然後，找門窗不甚嚴密的地方，話軟而意思硬的開始反攻：「這扇門可不大保險，得安把洋鎖吧？告訴你，安鎖要往下安，門檻那溜兒就很好，不容易教賊摸到。屋裡養著條小狗也是辦法，狗圈在屋裡，不管是多麼小，有動靜就會汪汪，比院裡放著三條大狗還有用。先生你看，我們多留點神，你自己也得注點意，兩下一湊合，準保丟不了東西了。好吧，我們回去，多派幾名下夜的就是了；先生歇著吧！」

這一套，把我們的責任卸了，他就趕緊得安鎖養小狗；遇見和氣的主兒呢，還許給我們泡壺茶喝。這就是我的本事。怎麼不負責任，而且不教人看出抹稀泥來，我就怎辦。話要說得好聽，甜嘴蜜舌的把責任全推到一邊去，準保不招災不惹禍。弟兄們都會這一套，可是他們的嘴與神氣差著點勁兒。一句話有多少種說法，把神氣弄對了地方，話就能說出去又拉回來，像有彈簧似的。這點，我比他們強，而且他們還是學不了去，這是天生來的才分！

趕到我獨自下夜，遇見賊，你猜我怎麼辦？我呀！把佩刀攥在手裡，省得有響聲；他爬他的牆，我走我的路，各不相擾。好嗎，真要教他記恨上我，藏在黑影兒裡給我一磚，我受得了嗎？那誰，傻王九，不是瞎了一隻眼嗎？他還不是為拿賊呢！

有一天，他和董志和在街口上強迫給人們剪髮，一人手裡一把剪刀，見著帶小辮的，拉過來就是一剪子。哼！教人家記上了。等傻王九走單了的時候，人家照準了他的眼就是一把石灰：「讓你剪我的髮，x你媽媽的！」他的眼就那麼瞎了一隻。你說，這差事要不像我那麼去當，還活著不活著呢？凡是巡警們以為該干涉的，人們都以為是「狗拿耗子多管閒事」，有什麼法子呢？

我不能像傻王九似的，平白無故的丟去一隻眼睛，我還留著眼睛看這個世界呢！輕手躡腳的躲開賊，我的心裡並沒閒著，我想我那倆沒娘的孩子，我算計這一個月的嚼穀。也許有人一五一十的算計，而用洋錢作單位吧？我呀，得一個銅子一個銅子的算。多幾個銅子，我心裡就寬綽；少幾個，我就得發愁。還拿賊，誰不窮呢？窮到無路可走，誰也會去偷，肚子才不管什麼叫作體面呢！

十一

這次兵變過後，又有一次大的變動：大清國改為中華民國了。改朝換代是不容易遇上的，我可是並沒覺得這有什麼意思。說真的，這百年不遇的事情，還不如兵變熱鬧呢。

據說，一改民國，凡事就由人民主管了；可是我沒看見。我還是巡警，餉銀沒有增加，天天出來進去還是那一套。原先我受別人的氣，現在我還是受氣；原先大官兒們的車伕僕人欺負我們，現在新官兒手底下的人也並不和氣。「湯兒事」還是「湯兒事」，倒不因為改朝換代有什麼改變。可也別說，街上剪髮的人比從前多了一些，總得算作一點進步吧。牌九押寶慢慢的也少起來，貧富人家都玩「麻將」了，我們還是照樣的不敢去抄賭，可是賭具不能不算改了良，文明了一些。

民國的民倒不怎樣，民國的官和兵可了不得！像雨後的蘑菇似的，不知道哪兒來的這麼些官和兵。官和兵本不當放在一塊兒說，可是他們的確有些相像的地方。昨天還一腳黃土泥，今天作了官或當了兵，立刻就瞪眼；越糊塗，眼越瞪得大，好像是糊塗燈，糊塗得透亮兒。這群糊塗玩藝兒聽不懂哪叫好話，哪叫歹話，無論你說什麼；他們總是橫著來。他們糊塗得教人替他們難過，可是他們很得意。有時候他們教我都這麼想了：我這輩大概作不了文官或是武官啦！因為我糊塗的不夠程度！

幾乎是個官兒就可以要幾名巡警來給看門護院，我們成了一種保鏢的，掙著公家的錢，可為私人作事。我便被派到宅門裡去。從道理上說，為官員看守私宅簡直不能算作差事；從實利上講，巡警們可都願意這麼被派出來。

我一被派出來，就拔升為「三等警」，「招募警」還沒有被派出來的資格呢！我到這時候才算入了「等」。再說呢，宅門的事情清閒，除了站門，守夜，沒有別的事可作；至少一年可以省出一雙皮鞋來。事情少，而且外帶著沒有危險；宅裡的老爺與太太若打起架來，用不著我們去勸，自然也就不會把我們打在底下而受點誤傷。巡夜呢，不過是繞著宅子走兩圈，準保遇不上賊；牆高狗厲害，小賊不能來，大賊不便於來——大賊找退職的官兒去偷，既有油水，又不至於引起官面嚴拿；他們不惹有勢力的現任官。

在這裡，不但用不著去抄賭，我們反倒保護著老爺太太們打麻將。遇到宅裡請客玩牌，我們就更清閒自在：宅門外放著一片車馬，宅裡到處亮如白晝，僕人來往如梭，兩三桌麻將，四五盞煙燈，徹夜的鬧哄，絕不會鬧賊，我們就睡大覺，等天亮散局的時候，我們再出來站門行禮，給老爺們助威。

要趕上宅裡有紅白事，我們就更合適：喜事唱戲，我們跟著白聽戲，準保都是有名的角色，在戲園子裡絕聽不到這麼齊全。喪事呢，雖然沒戲可聽，可是死人不能一半天就抬出去，至少也得停三四十天，唸好幾棚經；好了，我們就跟著吃吧；他們死人，咱們就吃犒勞。怕就怕死小孩，既不能開弔，又得聽著大家嘔嘔的真哭。其次是怕小姐偷偷跑了，或姨太太有了什麼大錯而被休出去，我們撈不著吃喝看戲，還得替老爺太太們怪不得勁兒的！

教我特別高興的，是當這路差事，出入也隨便了許多，我可以常常回家看看孩子們。在「區」裡或「段」上，請會兒浮假都好不容易，因為無論是在「內勤」或「外勤」，工作是刻板兒排好了的，不易調換更動。在宅門裡，我站完門便沒了我的事，只須對弟兄們說一聲就可以走半天。這點好處常常教我害怕，怕再調回「區」裡去；我的孩子們沒有娘，還不多教他們看看父親嗎？

就是我不出去，也還有好處。我的身上既永遠不疲乏，心裡又沒多少事兒，閒著幹什麼呢？我呀，宅上有的是報紙，閒著就打頭到底的唸。大報小報，新聞社論，明白吧不明白吧，我全唸，老唸。這個，幫助我不少，我多知道了許多的事，多識了許多的字。有許多字到如今我還唸不出來，可是看慣了，我會猜出它們的意思來，就好像街面上常見著的人，雖然叫不上姓名來，可是彼此怪面善。

除了報紙，我還滿世界去借閒書看。不過，比較起來，還是唸報紙的益處大，事情多，字眼兒雜，看著開心。唯其事多字多，所以才費勁；唸到我不能明白的地方，我只好再拿起閒書來了。閒書老是那一套，看了上回，猜也會猜到下回是什麼事；正因為它這樣，所以才不必費力，看著玩玩就算了。報紙開心，閒書散心，這是我的一點經驗。

在門兒裡可也有壞處：吃飯就第一成了問題。在「區」裡或「段」上，我們的伙食錢是由餉銀裡坐地兒扣，好歹不拘，天天到時候就有飯吃。派到宅門裡來呢，一共三五個人，絕不能找廚子包辦伙食，沒有廚子肯包這麼小的買賣的。宅裡的廚房呢，又不許我們用；人家老爺們要巡警，因為知道可以白使喚幾個穿制服的人，並不大管這群人有肚子沒有。我們怎辦呢？自己起灶，作不到，買一堆盆碗鍋勺，知道哪時就又被調了走呢？再說，人家門頭上要巡警原為體面好看，好，我們若是給人家弄得盆朝天碗朝地，刀勺亂響，成何體統呢？沒法子，只好買著吃。

這可夠彆扭的。手裡若是有錢，不用說，買著吃是頂自由了，愛吃什麼就叫什麼，弄兩盅酒兒伍的，叫倆可口的菜，豈不是個樂子？請別忘了，我可是一月才共總進六塊錢！吃的苦還不算什麼，一頓一頓想主意可真教人難過，想著想著我就要落淚。我要省錢，還得變個樣兒，不能老啃乾饃饃辣餅子，像填鴨子似的。省錢與可口簡直永遠不能碰到一塊，想想錢，我認命吧，還是弄幾個乾燒餅，和一塊老醃蘿蔔，對付一下吧；想到身子，似乎又不該如此。想，越想越難過，越不能決定；一直餓到太陽平西還沒吃上午飯呢！

我家裡還有孩子呢！我少吃一口，他們就可以多吃一口，誰不心疼孩子呢？吃著包飯，我無法少交錢；現在我可以自由的吃飯了，為什麼不多給孩子們省出一點來呢？好吧，我有八個燒餅才夠，就硬吃六個，多喝兩碗開水，來個「水飽」！我怎能不落淚呢！

看看人家宅門裡吧，老爺掙錢沒數兒！是呀，只要一打聽就能打聽出來他拿多少薪俸，可是人家絕不指著那點固定的進項，就這麼說吧，一月掙八百塊的，若是乾掙八百塊，他怎能那麼闊氣呢？這裡必定有文章。這個文章是這樣的，你要是一月掙六塊錢，你就死掙那個數兒，你兜兒裡忽然多出一塊錢來，都會有人斜眼看你，給你造些謠言。你要是能掙五百塊，就絕不會死掙這個數兒，而且你的錢越多，人們越佩服你。這個文章似乎一點也不合理，可是它就是這麼作出來的，你愛信不信！

報紙與宣講所裡常常提倡自由；事情要是等著提倡，當然是原來沒有。我原沒有自由；人家提倡了會子，自由還沒來到我身上，可是我在宅門裡看見它了。民國到底是有好處的，自己有自由沒有吧，反正看見了也就得算開了眼。

你瞧，在大清國的時候，凡事都有個準譜兒；該穿藍布大褂的就得穿藍布大褂，有錢也不行。這個，大概就應叫作專制吧！一到民國來，宅門裡可有了自由，只要有錢，你愛穿什麼，吃什麼，戴什麼，都可以，沒人敢管你。所以，為爭自由，得拚命的去摟錢；摟錢也自由，因為民國沒有御史。你要是沒在大宅門待過，大概你還不信我的話呢，你去看看好了。現在的一個小官都比老年間的頭品大員多享著點福：講吃的，現在交通方便，山珍海味隨便的吃，只要有錢。吃膩了這些還可以拿西餐洋酒換換口味；哪一朝的皇上大概也沒吃過洋飯吧？講穿的，講戴的，講看的聽的，使的用的，都是如此；坐在屋裡你可以享受全世界最好的東西。如今享福的人才真叫作享福，自然如今摟錢也比從前自由的多。別的我不敢說，我準知道宅門裡的姨太太擦五十塊錢一小盒的香粉，是由什麼巴黎來的；巴黎在哪兒？我不知道，反正那裡來的粉是很貴。我的鄰居李四，把個胖小子賣了，才得到四十塊錢，足見這香粉貴到什麼地步了，一定是又細又香呀，一定！

好了，我不再說這個了；緊自貧嘴惡舌，倒好像我不贊成自由似的，那我哪敢呢！

我再從另一方面說幾句，雖然還是話裡套話，可是多少有點變化，好教人聽著不俗氣厭煩。剛才我說人家宅門裡怎樣自由，怎樣闊氣，誰可也別誤會了人家作老爺的就整天的大把往外扔洋錢，老爺們才不這麼傻呢！是呀，姨太太擦比一個小孩還貴的香粉，但是姨太太是姨太太，姨太太有姨太太的造化與本事。人家作老爺的給姨太太買那麼貴的粉，正因為人家有地方可以摳出來。你就這麼說吧，好比你作了老爺，我就能按著宅門的規矩告訴你許多訣竅：你的電燈，自來水，煤，電話，手紙，車馬，天棚，傢俱，信封信紙，花草，都不用花錢；最後，你還可以白使喚幾名巡警。這是規矩，你要不明白這個，你簡直不配作老爺。告訴你一句到底的話吧，作老爺的要空著手兒來，滿膛滿餡的去，就好像剛驚蟄後的臭蟲，來的時候是兩張皮，一會兒就變成肚大腰圓，滿兜兒血。這個比喻稍粗一點，意思可是不錯。自由的摟錢，專制的省錢，兩下裡一合，你的姨太太就可以擦巴黎的香粉了。這句話也許說得太深奧了一些，隨便吧！你愛懂不懂。

這可就該說到我自己了。按說，宅門裡白使喚了咱們一年半載，到節了年了的，總該有個人心，給咱們哪怕是頓犒勞飯呢，也大小是個意思。哼！休想！人家作老爺的錢都留著給姨太太花呢，巡警算哪道貨？等咱被調走的時候，求老爺給「區」裡替我說句好話，咱都得感激不盡。

你看，命令下來，我被調到別處。我把鋪蓋捲打好，然後恭而敬之的去見宅上的老爺。看吧，人家那股子勁兒大了去啦！帶理不理的，倒彷彿我偷了他點東西似的。我託付了幾句:求老爺順便和「區」裡說一聲,我的差事當得不錯。人家微微的一抬眼皮,連個屁都懶得放。我只好退出來了,人家連個拉鋪蓋的車錢也不給;我得自己把它扛了走。這就是他媽的差事,這就是他媽的人情!

十二

機關和宅門裡的要人越來越多了。我們另成立了警衛隊，一共有五百人，專作那義務保鏢的事。為是顯出我們真能保衛老爺們，我們每人有一桿洋槍，和幾排子彈。對於洋槍——這些洋槍——我一點也不感覺興趣：它又沉，又老，又破，我摸不清這是由哪裡找來的一些專為壓人肩膀，而一點別的用處沒有的玩藝兒。我的子彈老在腰間圍著，永遠不准往槍裡擱；到了什麼大難臨頭，老爺們都逃走了的時候，我們才安上刺刀。

這可並非是說，我可以完全不管那枝破傢伙；它雖然是那麼破，我可得給它支使著。槍身裡外，連刺刀，都得天天擦；即使永遠擦不亮，我的手可不能閒著。心到神知！再說，有了槍，身上也就多了些玩藝兒，皮帶，刺刀鞘，子彈袋子，全得弄得俐落抹膩，不能像豬八戒挎腰刀那麼懈懈鬆鬆的，還得打裹腿呢！

多出這麼些事來，肩膀上添了七八斤的份量，我多掙了一塊錢；現在我是一個月掙七塊大洋了，感謝天地！

七塊錢，扛槍，打裹腿，站門，我幹了三年多。由這個宅門串到那個宅門，由這個衙門調到那個衙門；老爺們出來，我行禮；老爺進去，我行禮。這就是我的差事。這種差事才毀人呢：你說沒事作吧，又有事；說有事作吧，又沒事。還不如上街站崗去呢。

在街上，至少得管點事，用用心思。在宅門或衙門，簡直永遠不用費什麼一點腦子。趕到在閒散的衙門或湯兒事的宅子裡，連站門的時候都滿可以隨便，拄著槍立著也行，抱著槍打盹也行。這樣的差事教人不起一點兒勁，它生生的把人耗疲了。

一個當僕人的可以有個盼望，哪兒的事情甜就想往哪兒去，我們當這份兒差事，明知一點好來頭沒有，可是就那麼一天天的窮耗，耗得連自己都看不起了自己。按說，這麼空閒無事，就應當吃得白白胖胖，也總算個體面呀。哼！我們並蹲不出膘兒來。我們一天老繞著那七塊錢打算盤，窮得揪心。心要是揪上，還怎麼會發胖呢？以我自己說吧，我的孩子已到上學的年歲了，我能不教他去嗎？上學就得花錢，古今一理，不算出奇，可是我上哪裡找這份錢去呢？作官的可以白佔許多許多便宜，當巡警的連孩子白唸書的地方也沒有。上私塾吧，學費節禮，書籍筆墨，都是錢。上學校吧，制服，手工材料，種種本子，比上私塾還費的多。再說，孩子們在家裡，餓了可以掰一塊窩窩頭吃；一上學，就得給點心錢，即使咱們肯教他揣著塊窩窩頭去，他自己肯嗎？小孩的臉是更容易紅起來的。

我簡直沒辦法。這麼大個活人，就會乾瞪著眼睛看自己的兒女在家裡荒荒著！我這輩無望了，難道我的兒女應當更不濟嗎？看著人家宅門的小姐少爺去上學，喝！車接車送，到門口還有老媽子丫環來接書包，抱進去，手裡拿著橘子蘋果，和新鮮的玩具。人家的孩子這樣，咱的孩子那樣；孩子不都是將來的國民嗎？我真想辭差不幹了。我楞當僕人去，弄倆零錢，好教我的孩子上學。

可是人就是別入了轍，入到哪條轍上便一輩子拔不出腿來。當了幾年的差事——雖然是這樣的差事——我事事入了轍，這裡有朋友，有說有笑，有經驗，它不教我起勁，可是我也彷彿不大能狠心的離開它。再說，一個人的虛榮心每每比金錢還有力量，當慣了差，總以為去當僕人是往下走一步，雖然可以多掙些錢。這可笑，很可笑，可是人就是這麼個玩藝兒。我一跟朋友們說這個，大家都搖頭。有的說，大家混的都很好的，幹嗎去改行？有的說，這山望著那山高，咱們這些苦人幹什麼也發不了財，先忍著吧！有的說，人家中學畢業生還有當「招募警」的呢，咱們有這個差事當，就算不錯；何必呢？連巡官都對我說了：好歹混著吧，這是差事：憑你的本事，日後總有升騰！大家這麼一說，我的心更活了，彷彿我要是固執起來，倒不大對得住朋友似的。好吧，還往下混吧。小孩唸書的事呢？沒有下文！

不久，我可有了個好機會。有位馮大人哪，官職大得很，一要就要十二名警衛；四名看門，四名送信跑道，四名作跟隨。這四名跟隨得會騎馬。那時候，汽車還沒出世，大官們都講究坐大馬車。在前清的時候，大官坐轎或坐車，不是前有頂馬，後有跟班嗎？這位馮大人願意恢復這點官威，馬車後得有四名帶槍的警衛。

敢情會騎馬的人不好找，找遍了全警衛隊，才找到了三個；三條腿不大像話，連巡官都急得直抓腦袋。我看出便宜來了：騎馬，自然得有糧錢哪！為我的小孩唸書起見，我得冒下子險，假如從馬糧錢裡能弄出塊兒八毛的來，孩子至少也可以去私塾了。按說，這個心眼不甚好，可是我這是賣著命，我並不會騎馬呀！我告訴了巡官，我願意去。他問我會騎馬不會？我沒說我會，也沒說我不會；他呢，反正找不到別人，也就沒究根兒。

有膽子，天下便沒難事。當我頭一次和馬見面的時候，我就合計好了：摔死呢，孩子們入孤兒院，不見得比在家裡壞；摔不死呢，好，孩子們可以唸書去了。這麼一來，我就先不怕馬了。我不怕牠，牠就得怕我，天下的事不都是如此嗎？再說呢，我的腿腳俐落，心裡又靈，跟那三位會騎馬的瞎扯巴了一會兒，我已經把騎馬的招數知道了不少。找了匹老實的，我試了試，我手心裡攥著把汗，可是硬說我有了把握。頭幾天，我的罪過真不小，渾身像散了一般，屁股上見了血。我咬了牙。等到傷好了，我的膽子更大起來，而且覺出來騎馬的快樂。跑，跑，車多快，我多快，我算是治服了一種動物！

我把馬治服了，可是沒把糧草錢拿過來，我白冒了險。馮大人家中有十幾匹馬呢，另有看馬的專人，沒有我什麼事。我幾乎氣病了。可是，不久我又高興了：馮大人的官職是這麼大，這麼多，他簡直沒有回家吃飯的工夫。我們跟著他出去，一跑就是一天。他當然嘍，到處都有飯吃，我們呢？我們四個人商議了一下，決定跟他交涉，他在哪裡吃飯，也得有我們的。馮大人這個人心眼還不錯，他很愛馬，愛面子，愛手下的人。我們一對他說，他馬上答應了。這個，可是個便宜。不用往多裡說。我們要是一個月準能在外邊白吃半個月的飯，我們不就省下半個月的飯錢嗎？我高了興！

馮大人，我說，很愛面子。當我們去見他交涉飯食的時候，他細細看了看我們。看了半天，他搖了搖頭，自言自語的說：「這可不行！」我以為他是說我們四個人不行呢，敢情不是。他登時要筆墨，寫了個條子：「拿這個見總隊長去，教他三天內都辦好！」把條子拿下來，我們看了看，原來是教隊長給我們換制服：我們平常的制服是斜紋布的，馮大人現在教換呢子的；袖口，褲縫，和帽箍，一律要安金縧子。靴子也換，要過膝的馬靴。槍要換上馬槍，還另外給一人一把手槍。看完這個縧子，連我們自己都覺得不合適；長官們才能穿呢衣，鑲金縧，我們四個是巡警，怎能平白無故的穿上這一套呢？自然，我們不能去教馮大人收回縧子去，可是我們也怪不好意思去見總隊長。總隊長要是不敢違抗馮大人，他滿可以對我們四個人發發脾氣呀！

你猜怎麼著？總隊長看了縧子，連大氣沒出，照話而行，都給辦了。你就說馮大人有多麼大的勢力吧！喝！我們四個人可抖起來了，真正細黑呢制服，鑲著黃登登的金緣，過膝的黑皮長靴，靴後帶著白亮亮的馬刺，馬槍背在背後，手槍挎在身旁，槍匣外搭拉著長杏黃穗子。簡直可以這麼說吧，全城的巡警的威風都教我們四個人給奪過來了。我們在街上走，站崗的巡警全都給我們行禮，以為我們是大官兒呢！

當我作裱糊匠的時候，稍微講究一點的燒活，總得糊上匹菊花青的大馬。現在我穿上這麼抖的制服，我到馬棚去挑了匹菊花青的馬，這匹馬非常的鬧手，見了人是連啃帶踢；我挑了牠，因為我原先糊過這樣的馬，現在我得騎上匹活的；菊花青，多麼好看呢！這匹馬鬧手，可是跑起來真作臉，頭一低，嘴角吐著點白沫，長鬃像風吹著一壟春麥，小耳朵立著像倆小瓢兒；我只須一認鐙，牠就要飛起來。這一輩子，我沒有過什麼真正得意的事；騎上這匹菊花青大馬，我必得說，我覺到了驕傲與得意！

按說，這回的差事總算過得去了，憑那一身衣裳與那匹馬還不值得高高興興的混嗎？哼！新制服還沒穿過三個月，馮大人吹了台，警衛隊也被解散；我又回去當三等警了。

十三

警衛隊解散了。為什麼？我不知道。我被調到總局裡去當差，並且得了一面銅片的獎章，彷彿是說我在宅門裡立下了什麼功勞似的。在總局裡，我有時候管戶口冊子，有時候管鋪捐的賬簿，有時候值班守大門，有時候看管軍裝庫。這麼二三年的工夫，我又把局子裡的事情全明白了個大概。加上我以前在街面上，衙門口和宅門裡的那些經驗，我可以算作個百事通了，裡裡外外的事，沒有我不曉得的。要提起警務，我是地道內行。可是一直到這個時候，當了十年的差，我才升到頭等警，每月掙大洋九元。

大傢伙或者以為巡警都是站街的，年輕輕的好管閒事。其實，我們還有一大群人在區裡局裡藏著呢。假若有一天舉行總檢閱，你就可以看見些稀奇古怪的巡警：羅鍋腰的，近視眼的，掉了牙的，瘸著腿的，無奇不有。這些怪物才真是巡警中的鹽，他們都有資格有經驗，識文斷字，一切公文案件，一切辦事的訣竅，都在他們手裡呢。要是沒有他們，街上的巡警就非亂了營不可。這些人，可是永遠不會升騰起來；老給大家辦事，一點起色也沒有，平生連出頭露面的體面一次都沒有過。他們任勞任怨的辦事，一直到他們老得動不了窩，老是頭等警，掙九塊大洋。多咱你在街上看見：穿著洗得很乾淨的灰布大褂，腳底下可還穿著巡警的皮鞋，用腳後跟慢慢的走，彷彿支使不動那雙鞋似的，那就準是這路巡警。

他們有時候也到大「酒缸」上，喝一個「碗酒」，就著十幾個花生豆兒，挺有規矩，一邊往下嚥那點辣水，一邊嘆著氣。頭髮已經有些白的了，嘴巴兒可還颳得很光，猛看很像個太監。他們很規則，和藹，會作事，他們連休息的時候還得穿著那雙不得人心的鞋！跟這群人在一處辦事，我長了不少的知識。可是，我也有點害怕：莫非我也就這樣下去了嗎？他們夠多麼可愛，又多麼可憐呢！看著他們，我心中時常忽然涼那麼一下，教我半天說不上話來。不錯，我比他們都年歲小，也不見得比他們不精明，可是我有希望沒有呢？年歲小？我也三十六了！

這幾年在局子裡可也有一樣好處，我沒受什麼驚險。這幾年，正是年年春秋準打仗的時期，旁人受的罪我先不說，單說巡警們就真夠瞧的。一打仗，兵們就成了閻王爺，而巡警頭朝了下！要糧，要車，要馬，要人，要錢，全交派給巡警，慢一點送上去都不行。一說要烙餅一萬斤，得，巡警就得挨著家去到切麵鋪和烙燒餅的地方給要大餅；餅烙得，還得押著清道伕給送到營裡去；說不定還挨幾個嘴巴回來！

要單是這麼伺候著兵老爺們，也還好；不，兵老爺們還橫反呢。凡是有巡警的地方，他們非搗亂不可，巡警們管吧不好，不管吧也不好，活受氣。世上有糊塗人，我曉得；但是兵們的糊塗令我不解。他們只為逞一時的字號，完全不講情理；不講情理也罷，反正得自己別吃虧呀；不，他們連自己吃虧不吃虧都看不出來，你說天下哪裡再找這麼糊塗的人呢。

就說我的表弟吧，他已當過十多年的兵，後來幾年還老是排長，按說總該明白點事兒了。哼！那年打仗，他押著十幾名俘虜往營裡送。喝！他得意非常的在前面領著，彷彿是個皇上似的。他手下的弟兄都看出來，為什麼不先解除了俘虜的武裝呢？他可就是不這麼辦，拍著胸膛說一點錯兒沒有。走到半路上，後面響了槍，他登時就死在了街上。他是我的表弟，我還能盼著他死嗎？

可是這股子糊塗勁兒，教我也沒法抱怨開槍打他的人。有這樣一個例子，你也就能明白一點兵們是怎樣的難對付了。你要是告訴他，汽車別往牆上開，好啦，他就非去碰碰不可，把他自己碰死倒可以，他就是不能聽你的話。

在總局裡幾年，沒別的好處，我算是躲開了戰時的危險與受氣。自然囉！一打仗，煤米柴炭都漲價兒，巡警們也隨著大家一同受罪，不過我可以安坐在公事房裡，不必出去對付大兵們，我就得知足。

可是，在局裡我又怕一輩子就窩在那裡，永沒有出頭之日，有人情，可以升騰起來；沒人情而能在外邊拿賊辦案，也是個路子，我既沒人情，又不到街面上去，打哪兒升高一步呢？我越想越發愁。

十四

到我四十歲那年，大運亨通，我補了巡長！我顧不得想已經當了多少年的差，賣了多少力氣，和巡長才掙多少錢；都顧不得想了。我只覺得我的運氣來了！

小孩子拾個破東西，就能高興的玩耍半天，所以小孩子能夠快樂。大人們也得這樣，或者才能對付著活下去。細細一想，事情就全糟。我升了巡長，說真的，巡長比巡警才多掙幾塊錢呢？掙錢不多，責任可有多麼大呢！往上說，對上司們事事得說出個譜兒來；往下說，對弟兄們得又精明又熱誠；對內說，差事得交得過去；對外說，得能不軟不硬的辦了事。這，比作知縣難多了。縣長就是一個地方的皇上，巡長沒那個身分，他得認真辦事，又得敷衍事，真真假假，虛虛實實，哪一點沒想到就出蘑菇。出了蘑菇還是真糟，往上升騰不易呀，往下降可不難呢。當過了巡長再降下來，派到哪裡去也不吃香：弟兄們咬吃，喝！你這作過巡長的，……這個那個的扯一堆。長官呢，看你是刺兒頭，故意的給你小鞋穿，你怎麼忍也忍不下去。怎辦呢？哼！由巡長而降為巡警，頂好乾脆捲鋪蓋回家去，這碗飯不必再吃了。可是，以我說吧，四十歲才升上巡長，真要是捲了鋪蓋，我幹嗎去呢？

真要是這麼一想，我登時就得白了頭髮。幸而我當時沒這麼想，只顧了高興，把壞事兒全放在了一旁。我當時倒這麼想：四十作上巡長，五十——哪怕是五十呢！——再作上巡官，也就算不白當了差。咱們非學校出身，又沒有大人情，能作到巡官還算小嗎？這麼一想，我簡直的拚了命，精神百倍的看著我的事，好像看著顆夜明珠似的！

作了二年的巡長，我的頭上真見了白頭髮。我並沒細想過一切，可是天天揪著心，唯恐哪件事辦錯了，擔了處分。白天，我老喜笑顏開的打著精神辦公；夜間，我睡不實在，忽然想起一件事，我就受了一驚似的，翻來覆去的思索；未必能想出辦法來，我的睏意可也就不再回來了。

公事而外，我為我的兒女發愁：兒子已經二十了，姑娘十八。福海——我的兒子——上過幾天私塾，幾天貧兒學校，幾天公立小學。字嗎，湊在一塊兒他大概能念下來第二冊國文；壞招兒，他可學會了不少，私塾的，貧兒學校的，公立小學的，他都學來了，到處準能考一百分，假若學校裡考壞招數的話。本來嗎，自幼失了娘，我又終年在外邊瞎混，他可不是愛怎麼反就怎麼反啵。我不恨鐵不成鋼去責備他，也不抱怨任何人，我只恨我的時運低，發不了財，不能好好的教育他。我不算對不起他們，我一輩子沒給他們弄個後娘，給他們氣受。至於我的時運不濟，只能當巡警，那並非是我的錯兒，人還能大過天去嗎？

福海的個子可不小，所以很能吃呀！一頓胡摟三大碗芝麻醬拌麵，有時候還說不很飽呢！就憑他這個吃法，他再有我這麼兩份兒爸爸也不中用！我供給不起他上中學，他那點「秀氣」也沒法考上。我得給他找事做。哼！他會做什麼呢？

從老早，我心裡就這麼嘀咕：我的兒子楞可去拉洋車，也不去當巡警；我這輩子當夠了巡警，不必世襲這份差事了！在福海十二三歲的時候，我教他去學手藝，他哭著喊著的一百個不去。不去就不去吧，等他長兩歲再說；對個沒娘的孩子不就得格外心疼嗎？到了十五歲，我給他找好了地方去學徒，他不說不去，可是我一轉臉，他就會跑回家來。幾次我送他走，幾次他偷跑回來。於是只好等他再大一點吧，等他心眼轉變過來也許就行了。哼！從十五到二十，他就愣荒荒過來，能吃能喝，就是不愛幹活兒。趕到教我給逼急了：「你到底願意幹什麼呢？你說！」他低著腦袋，說他願意挑巡警！他覺得穿上制服，在街上走，既能掙錢，又能就手兒散心，不像學徒那樣永遠圈在屋裡。我沒說什麼，心裡可刺著痛。我給打了個招呼，他挑上了巡警。我心裡痛不痛的，反正他有事做，總比死吃我一口強啊。父是英雄兒好漢，爸爸巡警兒子還是巡警，而且他這個巡警還必定跟不上我。我到四十歲才熬上巡長，他到四十歲，哼！不教人家開革出來就是好事！沒盼望！我沒續娶過，因為我咬得住牙。他呢，趕明兒個難道不給他成家嗎？拿什麼養著呢？

是的，兒子當了差，我心中反倒堵上個大疙疸！

再看女兒呀，也十八九了，緊自擱在家裡算怎回事呢？當然，早早撮出去的為是，越早越好。給誰呢？巡警，巡警，還得是巡警？一個人當巡警，子孫萬代全得當巡警，彷彿掉在了巡警陣裡似的。可是，不給巡警還真不行呢：論模樣，她沒什麼模樣；論教育，她自幼沒娘，只認識幾個大字；論陪送，我至多能給她作兩件洋布大衫；論本事，她只能受苦，沒別的好處。巡警的女兒天生來的得嫁給巡警，八字造定，誰也改不了！

唉！給了就給了唦！攆出她去，我無論怎說也可以心淨一會兒。並非是我心狠哪；想想看，把她擱到二十多歲，還許就剩在家裡呢。我對誰都想對得起，可是誰又對得起我來著！我並不想嘮哩嘮叨的發牢騷，不過我願把事情都擺平了，誰是誰非，讓大家看。

當她出嫁的那一天，我真想坐在那裡痛哭一場。我可是沒有哭；這也不是一半天的事了，我的眼淚只會在眼裡轉兩轉，簡直的不會往下流！

十五

兒子有了事做，姑娘出了閣，我心裡說：這我可能遠走高飛了！假若外邊有個機會，我楞把巡長擱下，也出去見識見識。什麼發財不發財的，我不能就窩囊這麼一輩子。

機會還真來了。記得那位馮大人呀，他放了外任官。我不是愛看報嗎？得到這個消息，就找他去了，求他帶我出去。他還記得我，而且願意這麼辦。他教我去再約上三個好手，一共四個人隨他上任。我留了個心眼，請他自己向局裡要四名，作為是撥遣。我是這麼想：假若日後事情不見佳呢，既省得朋友們抱怨我，而且還可以回來交差，有個退身步。他看我的辦法不錯，就指名向局裡調了四個人。

這一喜可非同小喜。就憑我這點經驗知識，管保說，到哪兒我也可以作個很好的警察局局長，一點不是瞎吹！一條狗還有得意的那一天呢，何況是個人？我也該抖兩天了，四十多歲還沒露過一回臉呢！

果然，命令下來，我是衛隊長；我樂得要跳起來。

哼！也不是咱的命不好，還是馮大人的運不濟；還沒到任呢，又撤了差。貓咬尿泡，瞎歡喜一場！幸而我們四個人是調用，不是辭差；馮大人又把我們送回局裡去了。我的心裡既為這件事難過，又為回局裡能否還當巡長發愁，我臉上瘦了一圈。

幸而還好，我被派到防疫處作守衛，一共有六位弟兄，由我帶領。這是個不錯的差事，事情不多，而由防疫處開我們的飯錢。我不確實的知道，大概這是馮大人給我說了句好話。

在這裡，飯錢既不必由自己出，我開始攢錢，為是給福海娶親——只剩了這麼一檔子該辦的事了，爽性早些辦了吧！

在我四十五歲上，我娶了兒媳婦——她的娘家父親與哥哥都是巡警。可倒好，我這一家子，老少裡外，全是巡警，湊吧湊吧，就可以成立個員警分所！

人的行動有時候莫名其妙。娶了兒媳婦以後，也不知怎麼我以為應當留下鬍子，才夠作公公的樣子。我沒細想自己是幹什麼的，直入公堂的就留下鬍子了。小黑鬍子在我嘴上，我撚上一袋關東煙，覺得挺夠味兒。本來嗎，姑娘聘出去了，兒子成了家，我自己的事又挺順當，怎能覺得不是味兒呢？

哼！我的鬍子惹下了禍。總局局長忽然換了人，新局長到任就檢閱全城的巡警。這位老爺是軍人出身，只懂得立正看齊，不懂得別的。在前面我已經說過，局裡區裡都有許多老人們，長相不體面，可是辦事多年，最有經驗。我就是和局裡這群老手兒排在一處的，因為防疫處的守衛不屬於任何警區，所以檢閱的時候便隨著局裡的人立在一塊兒。

當我們站好了隊，等著檢閱的時候，我和那群老人們還有說有笑，自自然然的。我們心裡都覺得，重要的事情都歸我們辦，提哪一項事情我們都知道，我們沒升騰起來已經算很委屈了，誰還能把我們踢出去嗎？上了幾歲年紀，誠然，可是我們並沒少做事兒呀！即使說老朽不中用了，反正我們都至少當過十五六年的差，我們年輕力壯的時候是把精神血汗耗費在公家的差事上，衝著這點，難道還不留個情面嗎？誰能夠看狗老了就一腳踢出去呢？我們心中都這麼想，所以滿沒把這回事放在心裡，以為新局長從遠處瞭我們一眼也就算了。

局長到了，大個子胸前掛滿了徽章，又是喊，又是蹦，活像個機器人。我心裡打開了鼓。他不按著次序看，一眼看到我們這一排，他猛虎撲食似的就跑過來了。岔開腳，手握在背後，他向我們點了點頭。然後忽然他一個箭步跳到我們跟前，抓起一個老書記生的腰帶，像摔跤似的往前一拉，幾乎把老書記生拉倒；抓著腰帶，他前後搖晃了老書記生幾把，然後猛一撒手，老書記生摔了個屁股墩。局長對準了他就是兩口唾沫，「你也當巡警！連腰帶都繫不緊？來！拉出去斃了！」

我們都知道，憑他是誰，也不能槍斃人。可是我們的臉都白了，不是怕，是氣的。那個老書記生坐在地上，哆嗦成了一團。

局長又看了看我們，然後用手指劃了條長線，「你們全滾出去，別再教我看見你們！你們這群東西也配當巡警！」說完這個，彷彿還不解氣，又跑到前面，扯著脖子喊：「是有鬍子的全脫了制服，馬上走！」

有鬍子的不止我一個，還都是巡長巡官，要不然我也不敢留下這幾根惹禍的毛。

二十年來的服務，我就是這麼被刷下來了。其實呢，我雖四十多歲，我可是一點也不顯著老蒼，誰教我留下了鬍子呢！這就是說，當你年輕力壯的時候，你把命賣上，一月就是那六七塊錢。你的兒子，因為你當巡警，不能讀書受教育；你的女兒，因為你當巡警，也嫁個窮漢去吃窩窩頭。你自己呢，一長鬍子，就算完事，一個銅子的恤金養老金也沒有，服務二十年後，你教人家一腳踢出來，像踢開一塊礙事的磚頭似的。五十以前，你沒掙下什麼，有三頓飯吃就算不錯；五十以後，你該想主意了，是投河呢，還是上吊呢？這就是當巡警的下場頭。

二十年來的差事，沒做過什麼錯事，但我就這樣捲了鋪當蓋。

弟兄們有含著淚把我送出來的，我還是笑著；世界上不平的事可多了，我還留著我的淚呢！

十六

窮人的命——並不像那些施捨稀粥的慈善家所想的——不是幾碗粥所能救活了的；有粥吃，不過多受幾天罪罷了，早晚還是死。我的履歷就跟這樣的粥差不多，它只能幫助我找上個小事，教我多受幾天罪；我還得去當巡警。除了說我當巡警，我還真沒法介紹自己呢！它就像顆不體面的痣或瘤子，永遠跟著我。我懶得說當過巡警，懶得再去當巡警，可是不說不當，還真連碗飯也吃不上，多麼可惡呢！

歇了沒有好久，我由馮大人的介紹，到一座煤礦上去作衛生處主任，後來又升為礦村的員警分所所長；這總算運氣不壞。在這裡我很施展了些我的才幹與學問：對村裡的工人，我以二十年服務的經驗，管理得真叫不錯。他們聚賭，鬥毆，罷工，鬧事，醉酒，就憑我的一張嘴，就事論事，乾脆了當，我能把他們說得心服口服。對弟兄們呢，我得親自去訓練。他們之中有的是由別處調來的，有的是由我約來幫忙的，都當過巡警；這可就不容易訓練，因為他們懂得一些員警的事兒，而想看我一手兒。我不怕，我當過各樣的巡警，裡裡外外我全曉得；憑著這點經驗，我算是沒被他們給撅了。對內對外，我全有辦法，這一點也不瞎吹。

假若我能在這裡混上幾年，我敢保說至少我可以積攢下個棺材本兒，因為我的餉銀差不多等於一個巡官的，而到年底還可以拿一筆獎金。可是，我剛作到半年，把一切都佈置得有個大概了，哼！我被人家頂下來了。我的罪過是年老與過於認真辦事。弟兄們滿可以拿些私錢，假若我肯睜著一隻閉著一隻眼的話。我的兩眼都睜著，種下了毒。對外也是如此，我明白員警的一切，所以我要本著良心把此地的警務辦得完完全全，真像個樣兒。還是那句話，人民要不是真正的人民，辦員警是多此一舉，越辦得好越招人怨恨。自然，容我辦上幾年，大家也許能看出它的好處來。可是，人家不等辦好，已經把我踢開了。

在這個社會中辦事，現在才明白過來，就得像發給巡警們皮鞋似的。大點，活該！小點，擠腳？活該！什麼事都能辦通了，你打算合大家的適，他們要不把鞋打在你臉上才怪。這次的失敗，因為我忘了那三個寶貝字——「湯兒事」，因此我又捲了鋪蓋。

這回，一閒就是半年多。從我學徒時候起，我無事也忙，永不懂得偷閒。現在，雖然是奔五十的人了，我的精神氣力並不比哪個年輕小夥子差多少。生讓我閒著，我怎麼受呢？

由早晨起來到日落，我沒有正經事作，沒有希望，跟太陽一樣，就那麼由東而西的轉過去；不過，太陽能照亮了世界，我呢，心中老是黑糊糊的。閒得起急，閒得要躁，閒得討厭自己，可就是摸不著點兒事作。

想起過去的勞力與經驗，並不能自慰，因為勞力與經驗沒給我積攢下養老的錢，而我眼看著就是挨餓。我不願人家養著我，我有自己的精神與本事，願意自食其力的去掙飯吃。我的耳目好像作賊的那麼尖，只要有個消息，便趕上前去，可是老空著手回來，把頭低得無可再低，真想一跤摔死，倒也爽快！

還沒到死的時候，社會像要把我活埋了！晴天大日頭的，我覺得身子慢慢往土裡陷；什麼缺德的事也沒做過，可是受這麼大的罪。一天到晚我叼著那根菸袋，裏邊並沒有煙，只是那麼叼著，算個「意思」而已。我活著也不過是那麼個「意思」，好像專為給大家當笑話看呢！

好容易，我弄到個事：到河南去當鹽務緝私隊的隊兵。隊兵就隊兵吧，有飯吃就行呀！借了錢，打點行李，我把鬍子剃得光光的上了「任」。

半年的工夫，我把債還清，而且升為排長。別人花倆，我花一個，好還債。別人走一步，我走兩步，所以升了排長。委屈並擋不住我的努力，我怕失業。一次失業，就多老上三年，不餓死，也憋悶死了。至於努力擋得住失業擋不住，那就難說了。

我想——哼！我又想了！——我既能當上排長，就能當上隊長，不又是個希望嗎？這回我留了神，看人家怎作，我也怎作。人家要私錢，我也要，我別再為良心而壞了事；良心在這年月並不值錢。假若我在隊上混個隊長，連公帶私，有幾年的工夫，我不是又可以剩下個棺材本兒嗎？我簡直的沒了大志向，只求腿腳能動便去勞動；多咱動不了窩，好，能有個棺材把我裝上，不至於教野狗們把我嚼了。我一眼看著天，一眼看著地。我對得起天，再求我能靜靜的躺在地下。並非我倚老賣老，我才五十來歲；不過，過去的努力既是那麼白幹一場，我怎能不把眼睛放低一些，只看著我將來的墳頭呢！我心裡是這麼想，我的志願既這麼小，難道老天爺還不睜開點眼嗎？

來家信，說我得了孫子。我要說我不喜歡，那簡直不近人情。可是，我也必得說出來：喜歡完了，我心裡涼了那麼一下，不由的自言自語的嘀咕：「哼！又來個小巡警吧！」一個作祖父的，按說，哪有給孫子說喪氣話的，可是誰要是看過我前邊所說的一大篇，大概誰也會原諒我吧？有錢人家的兒女是希望，沒錢人家的兒女是累贅；自己的肚中空虛，還能顧得子孫萬代，和什麼「忠厚傳家久，詩書繼世長」嗎？

我的小煙袋鍋兒裡又有了煙葉，叼著煙袋，我咂摸著將來的事兒。有了孫子，我的責任還不止於剩個棺材本兒了；兒子還是三等警，怎能養家呢？我不管他們夫婦，還不管孫子嗎？這教我心中忽然非常的亂，自己一年比一年的老，而家中的嘴越來越多，哪個嘴不得用窩窩頭填上呢！我深深的打了幾個嗝兒，胸中彷彿橫著一口氣。算了吧，我還是少思索吧，沒頭兒，說不盡！個人的壽數是有限的，困難可是世襲的呢！子子孫孫，萬年永實用，窩窩頭！

風雨要是都按著天氣預測那麼來，就無所謂狂風暴雨了。困難若是都按著咱們心中所思慮的一步一步慢慢的來，也就沒有把人急瘋了這一說了。我正盤算著孫子的事兒，我的兒子死了！

他還並沒死在家裡呀！我還得去運靈。

福海，自從成家以後，很知道要強。雖然他的本事有限，可是他懂得了怎樣盡自己的力量去作事。我到鹽務緝私隊上來的時候，他很願意和我一同來，相信在外邊可以多一些發展的機會。我攔住了他，因為怕事情不穩，一下子再教父子同時失業，如何得了。可是，我前腳離開了家，他緊隨著也上了威海衛。他在那裡多掙兩塊錢。獨自在外，多掙兩塊就和不多掙一樣，可是窮人想要強，就往往只看見了錢，而不多合計合計。到那裡，他就病了；捨不得吃藥。及至他躺下了，藥可也就沒了用。

把靈運回來，我手中連一個錢也沒有了。兒媳婦成了年輕的寡婦，帶著個吃奶的小孩，我怎麼辦呢？我沒法再出外去做事，在家鄉我又連個三等巡警也當不上，我才五十歲，已走到了絕路。我羨慕福海，早早的死了，一閉眼三不知；假若他活到我這個歲數，至好也不過和我一樣，多一半還許不如我呢！兒媳婦哭，哭得死去活來，我沒有淚，哭不出來，我只能滿屋裡打轉，偶爾的冷笑一聲。

以前的力氣都白賣了。現在我還得拿出全套的本事，去給小孩子找點粥吃。我去看守空房；我去幫著人家賣菜；我去做泥水匠的小工子活；我去給人家搬家……除了拉洋車，我什麼都做過了。無論做什麼，我還都賣著最大的力氣，留著十分的小心。

五十多了，我出的是二十歲的小夥子的力氣，肚子裡可是只有點稀粥與窩窩頭，身上到冬天沒有一件厚實的棉襖，我不求人白給點什麼，還講仗著力氣與本事掙飯吃，豪橫了一輩子，到死我還不能輸這口氣。時常我挨一天的餓，時常我沒有煤上火，時常我找不到一撮兒煙葉，可是我決不說什麼；我給公家賣過力氣了，我對得住一切的人，我心裡沒毛病，還說什麼呢？我等著餓死，死後必定沒有棺材，兒媳婦和孫子也得跟著餓死，那只好就這樣吧！誰教我是巡警呢！

我的眼前時常發黑，我彷彿已摸到了死，哼！我還笑，笑我這一輩的聰明本事，笑這出奇不公平的世界，希望等我笑到末一聲，這世界就換個樣兒吧！

新時代的舊悲劇

「老爺子！」陳廉伯跪在織錦的墊子上，聲音有點顫，想抬起頭來看看父親，可是不能辦到；低著頭，手扶在墊角上，半閉著眼，說下去：「兒子又孝敬您一個小買賣！」說完這句話，他心中平靜一些，可是再也想不出別的話來，一種渺茫的平靜，像秋夜聽著點遠遠的風聲那樣無可如何的把興奮、平靜、感慨與情緒的激動，全融化在一處，不知怎樣才好。他的兩臂似乎有點發麻，不能再呆呆的跪在那裡；他只好磕下頭去。磕了三個，也許是四個頭，他心中舒服了好多，好像又找回來全身的力量，他敢抬頭看看父親了。

在他的眼裡，父親是位神仙，與他有直接關係的一位神仙；在他拜孔聖人、關夫子，和其他的神明的時節，他感到一種嚴肅與敬畏，或是一種敷衍了事的情態。唯有給父親磕頭的時節他才覺到敬畏與熱情聯合到一處，絕對不能敷衍了事。他似乎覺出父親的血是在他身上，使他單純得像初生下來的小娃娃，同時他又感到自己的能力，能報答父親的恩惠，能使父親給他的血肉更光榮一些，為陳家的將來開出條更光潔香熱的血路；他是承上起下的關節，他對得起祖先，而必定得到後輩的欽感！

他看了父親一眼，心中更充實了些，右手一拄，輕快的立起來，全身都似乎特別的增加了些力量。陳老先生——陳宏道，——仍然端坐在紅木椅上，微笑著看了兒子一眼，沒有說什麼；父子的眼睛遇到一處已經把心中的一切都傾灑出來，本來不須再說什麼。陳老先生仍然端坐在那裡，一部分是為回味著兒子的孝心，一部分是為等著別人進來賀喜——每逢廉伯孝敬給老先生一所房，一塊地，或是——像這次——一個買賣，總是先由廉伯在堂屋裡給父親叩頭，而後全家的人依次的進來道喜。

陳老先生的臉是紅而開展，長眉長鬚還都很黑，頭髮可是有些白的了。大眼睛，因為上了年紀，眼皮下鬆鬆的搭拉著半圓的肉口袋；口袋上有些灰紅的橫紋，頗有神威。鼻子不高，可是寬，鼻孔向外撐著，身量高。手腳都很大；手扶著膝在那兒端坐，背還很直，好似座小山兒：莊嚴、硬朗、高傲。

廉伯立在父親旁邊，嘴微張著些，呆呆的看著父親那個可畏可愛的旁影。

他自己只有老先生的身量，而沒有那點氣度。他是細長，有點水蛇腰，每逢走快了的時候自己都有些發毛咕。他的模樣也像老先生，可是臉色不那麼紅；雖然將近四十歲，臉上還沒有多少鬚子茬；對父親的長鬚，他只有羡慕而已。

立在父親旁邊，他又渺茫的感到常常襲擊他的那點恐懼。他老怕父親有個山高水遠，而自己壓不住他的財產與事業。從氣度上與面貌上看，他似乎覺得陳家到了他這一輩，好像對了水的酒，已經沒有那麼厚的味道了。在別的方面，他也許比父親還強，可是他缺乏那點神威與自信。父親是他的主心骨，像個活神仙似的，能暗中保祐他。有父親活著，他似乎才敢冒險，敢見錢就抓，敢和人們結仇作對，敢下毒手。每當他遇到困難，遲疑不決的時候，他便回家一會兒。父親的紅臉長鬚給他膽量與決斷；他並不必和父親商議什麼，看看父親的紅臉就夠了。

現今，他又把剛置買了的產業獻給父親，父親的福氣能壓得住一切；即使產業的來路有些不明不白的地方，也被他的孝心與父親的福分給鎮下去。

頭一個進來賀喜的是廉伯的大孩子，大成，十一歲的男孩，大腦袋，大嗓門，有點傻，因為小時候吃多了涼藥。老先生看見孫子進來，本想立起來去拉他的小手，繼而一想大家還沒都到全，還不便馬上離開紅木椅子。

「大成，」老先生聲音響亮的叫，「你幹什麼來了？」大成摸了下鼻子，往四圍看了一眼：「媽叫我進來，給爺道，道……」傻小子低下頭去看地上的錦墊子。馬上彎下身去摸墊子四圍的絨繩，似乎把別的都忘了。

陳老先生微微的一笑，看了廉伯一眼，「癡兒多福！」連連的點頭。廉伯也陪著一笑。

廉仲——老先生的二兒子——輕輕的走進來。他才有二十多歲，個子很大，臉紅而胖，很像陳老先生，可是舉止顯著遲笨，沒有老先生的氣派與身分。沒等二兒子張口，老先生把臉上的微笑收起去。叫了聲：「廉仲！」

廉仲的胖臉上由紅而紫，不知怎樣才好，眼睛躲著廉伯。「廉仲！」老先生又叫了聲。「君子憂道不憂貧，你倒不用看看你哥哥盡孝，心中不安，不用！積善之家自有餘福，你哥哥的順利，與其說是他有本事，還不如說是咱們陳家過去幾代積成的善果。產業來得不易，可是保守更難，此中消息，」老先生慢慢搖著頭，「大不易言！簞食瓢飲，那乃是聖道，我不能以此期望你們；騰達顯貴，顯親揚名，此乃人道，雖福命自天，不便強求，可是彼丈夫也，我丈夫也，有為者亦若是。我不求你和你哥哥一樣的發展，你的才力本來不及他，況且又被你母親把你慣壞；我只求你循規蹈矩的去作人，幫助父兄去守業，假如你不能自己獨創的話。你哥哥今天又孝敬我一點產業，這算不了什麼，我並不因此——這點產業——而喜歡；可是我確是喜歡，喜歡的是他的那點孝心。」老先生忽然看了孫子一眼：「大成，叫你妹妹去！」

廉仲的胖臉上見了汗，不知怎樣好，乘著父親和大成說話，慢慢的轉到老先生背後，去看牆上掛著的一張山水畫。大成還沒表示是否聽明白祖父的話，媽媽已經攙著妹妹進來了。女人在陳老先生心中是沒有一點價值的，廉伯太太大概早已立在門外，等著傳喚。

廉伯太太有三十四五歲，長得還富泰。倒退十年，她一定是個漂亮的小媳婦。現在還不難看，皮膚很細，可是她的白胖把青春埋葬了，只是富泰，而沒有美的誘力了。在安穩之中，她有點不安的神氣，眼睛偷偷的，不住的，往四下望。胖臉上老帶著點笑容；似乎是給誰道歉，又似乎是自慰，正像個將死了婆婆，好脾氣，而沒有多少本事的中年主婦。她一進屋門，陳老先生就立了起來，好似傳見的典禮已經到了末尾。

看什麼好。

「爺爺大喜！」廉伯太太不很自然的笑著，眼睛不敢看公公，可又不曉得去

「有什麼可喜！有什麼可喜！」陳老先生並沒發怒，臉上可也不帶一點笑容，好似個說話的機器在那兒說話，一點也不帶感情，公公對兒媳是必須這樣說話的，他彷彿是在表示。「好好的相夫教子，那是婦人的責任；就是別因富而驕惰，你母家是不十分富裕的，哎，哎……」老先生似乎不願把話說到家，免得使兒媳太難堪了。

廉伯太太胖臉上將要紅，可是就又掛上了點無聊的笑意，拉了拉小女兒，意思是叫她找祖父去。祖父的眼角撩到了孫女，可是沒想招呼她。女兒都是陪錢的貨，老先生不願偏疼孫子，但是不由的不肯多親愛孫女。

老先生在屋裡走了幾步，每一步都用極堅實的腳力放在地上，作足了昂舉闊步。自己的全身投在穿衣鏡裡，他微停了一會兒，端詳了自己一下。然後轉過身來，向大兒子一笑。「馮唐易老，李廣難封！才難，才難；但是知人惜才者尤難！我已六十多了……」老先生對著鏡子搖了半天頭。「懷才不遇，一無所成……」他撚著鬍梢兒，對著鏡子細端詳自己的臉。

老先生沒法子不愛自己的臉。他是個文人，而有武相。他有一切文人該有的仁義禮智，與守道衛教的志願，可是還有點文人所不敢期冀的，他自比岳武穆。他是，他自己這麼形容，紅臉長髯高吟「大江東去」的文人。他看不起普通的白面書生。只有他，文武兼全，才擔得起翼教愛民的責任。他自信學問與體魄都超乎人，他什麼都知道，而且知道的最深最好。可惜，他只是個候補知縣而永遠沒有補過實缺。因此，他一方面以為自己的懷才不遇是人間的莫大損失；在另一方面，他真喜歡大兒子——文章經濟，自己的文章無疑的是可以傳世的，可是經濟方面只好讓給兒子了。

廉伯現在作偵探長，很能抓弄些個錢。陳老先生不喜歡「偵探長」，可是偵探長有升為公安局長的希望，公安局長差不多就是原先的九門提督正堂，那麼偵探長也就可以算作……至少是三品的武官吧。自從革命以後，官銜往往是不見經傳的，也就只好承認官便是官，雖然有的有失典雅，可也沒法子糾正。況且官總是「學優而仕」，名銜縱管不同，道理是萬世不變的。老先生心中的學問老與作官相聯，正如道德永遠和利益分不開。兒子既是官，而且能弄錢，又是個孝子，老先生便沒法子不滿意。只有想到自己的官運不通，他才稍有點忌妒兒子，可是這點牢騷正好是作詩的好材料，那麼作一兩首律詩或絕句也便正好是哀而不傷。

老先生又在屋中走了兩趟，哀意漸次發散淨盡。

「廉伯，今天晚上誰來吃飯。」

「不過幾位熟朋友。」廉伯笑著回答。

「我不喜歡人家來道喜！」老先生的眉皺上一些。「我們的興旺是父慈子孝的善果；是善果，他們如何能明白……」

「熟朋友，公安局長，還有王處長……」廉伯不願一一的提名道姓，他知道老人的脾氣有時候是古怪一點。

老先生沒再說什麼。過了一會兒：「別都叫陳壽預備，外邊叫幾個菜，再由陳壽預備幾個，顯著既不太難看，又有家常便飯的味道。」老先生的眼睛放了光，顯出高興的樣子來，這種待客的計劃，在他看，也是「經濟」的一部分。

「那麼老爺子就想幾個菜吧；您也同我們喝一盅？」

「好吧，我告訴陳壽；我當然出來陪一陪；廉仲，你也早些回來！」

二

陳宅西屋的房脊上掛著一鉤斜月，陣陣小風把院中的聲音與桂花的香味送走好遠。大門口擺著三輛汽車，陳宅的三條狼狗都面對汽車的大鼻子趴著，連車帶狗全一聲不出，都靜聽著院裡的歡笑。院裡很熱鬧：外院南房裡三個汽車夫，公安局長的武裝警衛，和陳廉伯自用的偵探，正推牌九。

裡院，晚飯還沒吃完。廉伯不是正式的請客，而是隨便約了公安局局長，衛生處處長，市政府秘書主任，和他們的太太們來玩一玩；自然，他們都知道廉伯又置買了產業，可是只暗示出道喜的意思，並沒送禮，也就不好意思要求正式請客。菜是陳壽作的，由陳老先生外點了幾個，最得意的是個桂花翅子——雖然是個老菜，可是多麼迎時當令呢。陳壽的手藝不錯，客人們都吃得很滿意；雖然陳老先生不住的罵他混蛋。老先生的嘴能夠非常的雅，也能非常的野，那要看對誰講話。

老先生喝了不少的酒，眼皮下的肉袋完全紫了；每乾一盅，他用大手慢慢的捋兩把鬍子，檢閱軍隊似的看客人們一眼。

「老先生海量！」大家不住的誇讚。

「哪裡的話！」老先生心裡十分得意，而設法不露出來。他似乎知道虛假便是涵養的別名。可是他不完全是個瘦弱的文人，他是文武雙全，所以又不能不表示一些豪放的氣概：「幾杯還可以對付，哈哈！請，請！」他又灌下一盅。大家似乎都有點怕他。他們也許有更闊或更出名的父親，可是沒法不佩服陳老先生的氣派與神威。他們看出來，假若他們的地位低卑一些，陳老先生一定不會出來陪他們吃酒。他們懂得，也自己常應用，這種虛假的應酬方法，可是他們仍然不能不佩服老先生把這個運用得有聲有色，把儒者、詩人、名士、大將，所該有的套數全和演戲似的表現得生動而大氣。

飯撤下去，陳福來放牌桌。陳老先生不打牌，也反對別人打牌。可是廉伯得應酬，他不便干涉。看著牌桌擺好，他閉了一會兒眼，好似把眼珠放到肉袋裡去休息。而後，打了個長的哈欠。廉伯趕緊笑著問：「老爺子要是——」

陳老先生睜開眼，落下一對大眼淚，看著大家，腮上微微有點笑意。

「老先生不打兩圈？兩圈？」客人們問。

「老矣，無能為矣！」老先生笑著搖頭，彷彿有無限的感慨。又坐了一會兒，用大手連抹幾把鬍子，唧唧的咂了兩下嘴，慢慢的立起來：「不陪了。陳福，倒茶！」向大家微一躬身，馬上挺直，扯開方步，一座牌坊似的走出去。

男女分了組：男的在東間，女的在西間。廉伯和弟弟一手，先讓弟弟打。牌打到八圈上，陳福和劉媽分著往東西屋送點心。廉伯讓大家吃，大家都眼看著牌，向前面點頭。廉伯再讓，大家用手去摸點心，眼睛完全用在牌上。衛生處處長忘了衛生，市政府秘書主任差點把個籌碼放在嘴裡。廉仲不吃，眼睛盯著面前那個沒用而不敢打出去的白板，恨不能用眼力把白板刻成個么筒或四萬。

廉仲無論如何不肯放手那張白板。公安局長手裡有這麼一對兒寶貝。廉伯讓點心的時節，就手兒看了大家的牌，有心給弟弟個暗號，放鬆那個值錢的東西，因為公安局長已經輸了不少。叫弟弟少贏幾塊，而討局長個喜歡，不見得不上算。可是，萬一局長得了一張牌而幸起去呢？賭就是賭，沒有謙讓。他沒通知弟弟。設若光是一張牌的事，他也許不這麼狠。打給局長，討局長的喜歡，局長，局長，他不肯服這個軟兒。在這裡，他自信得了點父親的教訓：應酬是手段，一往直前是陳家的精神；他自己將來不止於作公安局長，可是現在他可以，也應當，作公安局長。他不能退讓，沒看起那手中有一對白板的局長，弟弟手裡那張牌是不能送禮的。

只摸了兩手，局長把白板摸了上來，和了牌。廉仲把牌推散，對哥哥一笑。廉伯的眼把弟弟的笑整個的瞪了回去。局長自從掏了白板，轉了風頭，馬上有了閒話：「處長，給你張衛生牌吃吃！」頂了處長一張九萬。可是，八圈完了，大家都立起來。

「接著來！」廉伯請大家坐下：「早得很呢！」

衛生處處長想去睡覺，以重衛生，可是也想報複，局長那幾張衛生牌頂得他出不來氣。什麼早睡晚睡，難道衛生處長就不是人，就不許用些感情？他自己說服了自己。秘書長一勁兒謙虛，純粹為謙虛而謙虛，不願挑頭兒繼續作戰，也不便主張散局，而只說自己打得不好。

只等局長的命令。「好吧，再來；廉伯還沒打呢！」大家都遲遲的坐下，心裡頗急切。廉仲不敢坐實在了，眼睛目留著哥哥，心中直跳。一邊目留著哥哥，一邊鼓逗骰子，他希望廉伯還讓給他——哪怕是再讓一圈呢。廉伯決定下場，廉仲像被強迫爬起來的駱駝，極慢極慢的把自己收拾起來。連一句「五家來，作夢，」都沒人說一聲！他的臉燒起來，別人也沒注意。他恨這群人，特別恨他的哥哥。可是他捨不得走開。打不著牌，看看也多少過點癮。他坐在廉伯旁邊。看了兩把，他的茄子色慢慢的降下去，只留下兩小帖紅而圓的膏藥在顴骨上，很傻而有點美。

從第九圈上起，大家的語聲和牌聲比以前加高了一倍。禮貌、文化、身分、教育，都似乎不再與他們相干，或者向來就沒和他們發生過關係。越到夜靜人稀，他們越粗暴，把細心全放在牌張的調動上。他們用最粗暴的語氣索要一個最小的籌碼。他們的臉上失去那層溫和的笑意，眼中射出些賊光，目留著別人的手而掩飾自己的心情變化。他們的唇被香煙燒焦，鼻上結著冷汗珠，身上放射著濕潮的臭氣。

西間裡，太太們的聲音並不比東間裡的小，而且非常尖銳。可是她們打得慢一點，東間的第九圈開始，她們的八圈還沒有完。毛病是在廉伯太太。顯然的，局長太太們不大喜歡和她打，她自己也似乎不十分熱心的來。可是沒有她便成不上局，大家無法，她也無法。她打的慢，算和慢，每打一張她還得那麼抱歉的、無聊的、無可奈何的笑一笑，大家只看她的張子，不看她的笑；她發的張子老是很臭：吃上的不感激她，吃不上的責難她。她不敢發脾氣，也不大會發脾氣，她只覺得很難受，而且心中嘀嘀咕咕，惟恐丈夫過來檢查她——她打的不好便是給他丟人。那三家兒都是牌油子。廉伯太太對於她們的牌法如何倒不大關心，她羨慕她們因會打牌而能博得丈夫們的歡心。局長太太是二太太，可是打起牌來就有了身分，而公然的輕看廉伯太太。

八圈完了，廉伯太太緩了一口氣，可是不敢明說她不願繼續受罪。劉媽進來伺候茶水，她忽然想起來，胖胖的一笑：「劉媽，二爺呢？」

局長太太們知道廉仲厲害，可是不反對他代替嫂子；要玩就玩個痛快，在賭錢的時節她們有點富於男性。廉仲一坐下，彷彿帶來一股春風，大家都高興了許多。大家都長了精神，可也都更難看了，沒人再管臉上花到什麼程度；最美的局長二太太的臉上也黃一塊白一塊的，有點像連陰天時的壁紙。屋中潮涤涤的有些臭味。

廉伯太太心中舒服了許多，但還不能馬上躲開。她知道她的責任是什麼，一種極難堪，極不自然，而且不被人欽佩與感激的責任。她坐在衛生處長太太旁邊，手放在膝上，向桌子角兒微笑。她覺到她什麼也不是，只是廉伯太太，這四個字把她捆在那裡。

廉仲可是非常的得意。「賭」是他的天才所在，提到打牌，推牌九，下棋，抽簽子，他都不但精通，而且手裡有花活。別的，他無論怎樣學也學不會；賭，一看就明白。這個，使他在家裡永遠得不著好氣，可是在外邊很有人看得起他，看他是把手兒。他恨陳老先生和廉伯，特別是在陳老先生說「都是你母親慣壞了你」的時候。他愛母親，設若母親現在還活著，他絕不會受他們這麼大的欺侮，他老這樣想。母親是死了，他只能跟嫂子親近，老嫂比母，他對嫂子十分的敬愛。因此，陳老先生更不待見他，陳家的男子都是輕看婦女的，只有廉仲是個例外，沒出息。

他每打一張俏皮的牌，必看嫂子一眼，好似小兒耍俏而要求大人誇獎那樣。有時候他還請嫂子過來看看他的牌，雖然他明知道嫂子是不很懂得牌經的。這樣做，他心中舒服，嫂子的笑容明白的表示出她尊重二爺的技巧與本領，他在嫂子眼中是「二爺」，不是陳家的「吃累」。

三

快天亮了。涼風兒在還看不出一定顏色的雲下輕快的吹著，吹散了院中的桂香，帶來遠處的犬聲。風兒雖然清涼，空中可有些潮濕，草葉上掛滿還沒有放光的珠子。牆根下處處蟲聲，急促而悲哀。

陳家的牌局已完，大家都用噴過香水的熱毛巾擦臉上的油膩，跟著又點上香煙，燙那已經麻木了的舌尖，好似為趕一趕內部的酸悶。

大家還捨不得離開牌桌。可是嘴中已不再談玩牌的經過，而信口的談著閒事，談得而且很客氣，彷彿把禮貌與文化又恢復了許多；廉伯太太的身分在天亮時節突然提高，大家都想起她的小孩，而殷勤的探問。陳福和劉媽都紅著眼睛往屋裡端雞湯掛麵，大家客氣了一番，然後閉著眼往口中吞吸，嘴在運動，頭可是發沉，大家停止了說話。第二把熱毛巾遞上來，大家才把臉上的筋肉活動開，咬著牙往回堵送哈欠。

「局長累了吧？」廉伯用極大的力量甩開心中的迷忽。

「哪！哪累！」局長用熱手巾捂著脖梗。

「陳太太，真該歇歇了，我們太不客氣了！」衛生處長的手心有點發熱，渺茫的計劃著應回家吃點什麼藥。廉伯太太沒說出什麼來，笑了笑。

局長立起來，大家開始活動，都預備著說「謝謝」。局長說了；緊跟著一串珠似的「謝謝」。陳福趕緊往外跑，門外的汽車喇叭響成一陣，三條狼狗打著歡兒咬，全街的野狗家狗一致響應。大家仍然很客氣，過一道門讓一次，話很多而且聲音洪亮。主人一定叫陳福去找毛衣，一定說天氣很涼；客人們一定說不涼，可是都微微有點發抖。毛衣始終沒拿來，汽車的門啷啷關好，又是一陣喇叭，大家手中的紅香煙頭兒上下擺動，「謝謝！」「慢待；」嘟嘟的響成一片。陳福扯開嗓子喊狗。大門雷似的關好，上了閂。院中扯著幾個長而無力的哈欠，一陣桂花香，天上剩了不幾個星星。

草葉上的水珠剛剛發白，陳老先生起來了。早睡早起，勤儉興家，他是遵行古道的。四外很安靜，只有他自己的聲音傳達到遠處，他摔門、咳嗽、罵狗、念詩……四外越安靜，他越愛聽自己的聲音，他是警世的晨鐘。

陳老先生的詩念得差不多，大成——因為晚飯吃得不甚合適——起來了，起來就嚷肚子餓。老先生最關心孩子，高聲喊陳壽，想法兒先治大成的餓。陳壽已經一夜沒睡，但是聽見老主人喊他，他不敢再多遲延一秒鐘。熬了一夜，可是得了「頭兒錢」呢；他曉得這句是在老主人的嘴邊上等著他，他不必找不自在。他暈頭打腦的給小主人預備吃食，而且假裝不睏，走得很快，也很迷忽。

聽著孫子不再叫喚了，老先生才安心繼續讀詩。天下最好聽的莫過於孩子哭笑與讀書聲，陳家老有這兩樣，老先生不由的心中高興。

陳壽餵完小主人，還不敢去睡，在老主人的屋外腳不出聲的來回走！他怕一躺下便不容易再睜開眼。聽著老主人的詩聲落下一個調門來，他把香片茶、點心端進去。出來，就手兒餵了狗，然後輕輕跑到自己屋中，閉上了眼。

陳老先生吃過點心，到院中看花草。他並不愛花，可是每遇到它們，他不能不看，而且在自己家中是早晚必找上它們去看一會兒，因為詩中常常描寫花草霜露，他可以不愛花，而不能表示自己不懂得詩。秋天的朝陽把多露的葉子照得帶著金珠，他覺得應當作詩，泄一泄心中的牢騷。可是他心中，在事實上，是很舒服、快活，而且一心惦記著那個新買過來的舖子。詩無從作起。牢騷可不能去掉，不管有詩沒有。沒有牢騷根本算不了個儒生、詩人、名士。是的，他覺得他的六十多歲是虛度，滿腹文章，未曾施展過一點。「不才明主棄！」想不起來全句。老杜、香山、東坡……都作過官，饒作過官，還那麼牢騷抑鬱，況且陳老先生，慚愧、空虛。他想起那個買賣。兒子孝敬給他的產業，實在的，須用心經營的，經之營之……他決定到鋪子去看看。他看不起作買賣，可是不能不替兒子照管一下，再說呢，「道」在什麼地方也存在著。子貢也是賢人！書須活念，不能當書癡。他開始換衣服。剛換好了鞋，廉伯自用的偵探兼陳家的門房馮有才進來請示：「老先生，」馮有才——四十多歲，嘴像鯰魚似的——低聲的說：「那個，他們送來，那什麼，兩個封兒。」

「為什麼來告訴我？」老先生的眼睛瞪得很大。

「不是那個，大先生還睡覺哪嗎，」鯰魚嘴試著步兒笑：「我不好，不敢去驚動他，所以——」

陳老先生不好意思去思索，又得出個妥當的主意：「他們天亮才散，我曉得！」緩了口氣。「你先收下好啦，回頭交給大爺：我不管，我不管！」走過去，把那本詩拿在手中，沒看馮有才。

馮有才像從魚網的孔中漏了出去，腳不擦地的走了。老先生又把那本詩放下，看了一眼：「涼風起天末，君子意如何?!」「君子——意——如——何——」老先生心中茫然，慚愧，沒補上過知縣，連個封兒都不敢接；馮有才，混蛋，必定笑我呢！

送封兒是自古有之，可是應當什麼時候送呢？是不是應當直接的說來送封兒，如郵差那樣喊「送信」？說不清，慚愧！文章經濟，自己到底缺乏經驗，空虛——「意如何！」對著鏡子看了看：「養拙干戈際，全生麋鹿群！」細看看鏡中的老眼有沒有淚珠，沒有；古人的性情，有不可及者！老先生換好衣服，正想到鋪子去看看，馮有才又進來了：「老先生，那什麼，我剛才忘記回了：錢會長派人來送口信，請您今天過去談談。」

「什麼時候？」

「越早越好。」

老先生的大眼睛閉了閉，馮有才退出去。老先生翻眼回味著剛才那一閉眼的神威，開始覺到生命並不空虛，一閉眼也有作用；假如自己是個「重臣」，這一閉眼應當有多麼大的價值？可惜只用在馮有才那混蛋的身上；白廢！到底生命還是不充實，儒者三月無君……他決定先去訪錢會長。沒坐車，為是活動活動腿腳。

微風吹斜了長鬚，觸著一些陽光，鬚梢閃起金花。他端起架子，漸漸的忘記是自己的身體在街上走，而是一個極大極素美的鏡框子，被一股什麼精神與道氣催動著，在街上為眾人示範——鏡框子當中是個活聖賢。

走著走著，他覺得有點不是味兒：知道那兩封兒裡是支票呢，還是現款呢？交給馮有才那個混蛋收著……不能，也許不能……可是，錢若是不少，誰保得住他不攜款潛逃！世道人心！他想回去，可是不好意思，身分、禮教，都不准他回去。然而這絕不是多慮，應當回去！自己越有修養，別人當然越不可靠，不是過慮。回去不呢？沒辦法！

四

花廳裡坐著兩位，錢會長和武將軍。錢會長從前作過教育次長和鹽運使，現在卻願意人家稱呼他會長，國學會的會長。武將軍是個退職的武人，自從退隱以後，一點也不像個武人，肥頭大耳的倒像個富商，近來很喜歡讀書。

陳老先生和他們並非舊交，還是自從兒子升了偵探長以後才與他們來往。他對錢子美錢會長有相當的敬意，一來因為會長的身分，二來因為會長對於經學確是有研究，三來因為會長沉默寡言而又善於理財——文章經濟。對武將軍，陳老先生很大度的當個朋友待，完全因為武將軍什麼也不知道而好向老先生請教。

三人打過招呼，錢會長一勁兒咕嚕著水煙，兩隻小眼專看著水煙袋，一聲不出。武將軍倒想說話，而不知說什麼好，在文人面前他老有點不自然。陳老先生也不便開口，以保持自己的尊嚴。

坐了有十分鐘，錢會長的腳前一堆一堆的煙灰已經像個義塚的小模型。他放下了煙袋，用右手無名指的長指甲輕輕刮了刮頭。小眼睛從心裡透出點笑意，像埋在深處的種子頂出個小小的春芽。用左手小指的指甲剔動右手的無名指，小眼睛看著兩片指甲的接觸，笑了笑：「陳老先生，武將軍要讀《春秋》；怎樣？我以為先讀《尚書》，更根本一些；自然《春秋》也好，也好！」

「一以貫之，《十三經》本是個圓圈，」陳老先生手扶在膝上，看著自己的心，聽著自己的聲音：「從哪裡始，於何處止，全無不可！子美翁？」

武將軍看著兩位老先生，覺得他們的話非常有意思，可是又不甚明白。他搭不上嘴，只好用心的聽著，心中告訴自己：「這有意思，很深！」

「是的，是的！」會長又拿起水煙袋，揉著點煙絲，暫時不往煙筒上放。想了半天：「宏道翁，近來以甲骨文證《尚書》者，有無是處。前天——」

「那——」

會長點頭相讓。陳老先生覺得差點沉穩，也不好不接下去：「那，離經叛道而已。經所以傳道，傳道！見道有深淺，注釋乃有不同，而無傷於經；以經為器，支解割裂，甲骨云乎哉！哈哈哈哈！」

「卓見！」咕嚕咕嚕。「前天，一個少年來見我，提到此事，我也是這麼說，不謀而合。」

武將軍等著聽個結果，到底他應當讀《春秋》還是《書經》，兩位老先生全不言語了，好像剛鬥過一陣的倆老雞，休息一會兒，再鬥。

陳老先生非常的得意，居然戰勝了錢會長。自己的地位、經驗，遠不及錢子美，可是說到學問，自己並不弱，一點不弱。可見學問與經驗也許不必互相關聯？或者所謂學問全在嘴上，學問越大心中越空？他不敢決定，得意的勁兒漸次消散，他希望錢會長，哪怕是武將軍呢，說些別的。武將軍忽然想起來：「會長，娘們是南方的好，還是北方的好？」

陳老先生的耳朵似乎被什麼猛的刺了一下。

武將軍傻笑，脖子縮到一塊，許多層肉摺。

錢會長的嘴在水煙袋上，小眼睛擠咕著，唏唏的笑。「武將軍，我們談道，你談婦人，善於報復！」

武將軍反而揚起臉來：「不瞎吵，我真想知道哇。你們比我年紀大，經驗多，娘們，誰不愛娘們？」

「這倒成了問題！」會長笑出了聲。

陳老先生沒言語，看著錢子美。他真不愛聽這路話，可是不敢得罪他們；地位的優越，沒辦法。

「陳老先生？」武將軍將錯就錯，鬧哄起來。

「武將軍天真，天真！食色性也，不過——」陳老先生假裝一笑。

「等著，武將軍，等多喒咱們喝幾盅的時候，我告訴你；你得先背熟了《春秋》！」會長大笑起來，可依然沒有多少聲音，像狗喘那樣。

陳老先生陪著笑起來。講什麼他也不弱於會長，他心裡說，學問、手段……不過，他也的確覺到他是跟會長學了一招兒。文人所以能駕馭武人者在此，手段。可是他自己知道，他笑得很不自然。他也想到：假若他不在這裡，或者錢會長和武將軍就會談起婦女來。他得把話扯到別處去，不要大家楞著，越楞著越會使會長感到不安。

「那個，子美翁，有事商量嗎？我還有點別的……」

「可就是。」錢會長想起來：「別人都起不了這麼早，所以我只約了你們二位來。水災的事，馬上需要鉅款，咱先湊一些發出去，刻不容緩。以後再和大家商議。」

「很好！」武將軍把話都聽明白，而且非常願意拿錢辦善事。「會長分派吧，該拿多少！」

「昨天晚上遇見吟老，他拿一千。大家量力而為吧。」錢會長慢慢的說。

「那麼，算我兩千吧。」武將軍把腿伸出好遠，閉上眼養神，彷彿沒了他的事。

陳老先生為了難。當仁不讓，不能當場丟人。可是書生，沒作過官的書生，哪能和鹽運使與將軍比呢。不錯，他現在有些財產，可是他沒覺到富裕，他總以為自己還是個窮讀書的；因為感覺到自己窮，才能作出詩來。再說呢，那點財產都是兒子掙來的，不容易；老子隨便揮霍——即使是為行善——豈不是慷他人之慨？父慈子孝，這是兩方面的。為兒子才拉攏這些人！可是沒拉攏出來什麼，而先倒出一筆錢去，兒子的，怎對得起兒子？自然，也許出一筆錢，引起會長的敬意。對兒子不無好處；但是希望與拿現錢是兩回事。引起他們的敬意，就不能少拿，而且還得快說，會長在那兒等著呢！樂天下之樂，憂天下之憂，常這麼說；可誰叫自己連個知縣也沒補上過呢！陳老先生的難堪甚於顧慮，他恨自己。他捋了把鬍子，手微有一點顫。

「寒士，不過呢，當仁不讓，我也拿吟老那個數兒吧。唯賑無量不及破產！哈哈！」他自己聽得出哈哈中有點顫音。

他痛快了些，像把苦藥吞下去那樣，不感覺舒服，而是減少了遲疑與苦悶。武將軍兩千，陳老先生一千，不算很小的一個數兒。可是會長連頭也沒抬，依然咕嚕著他的水煙。陳老先生一方面羨慕會長的氣度，一方面想知道到底會長拿多少呢。「為算算錢數，會長，會長拿多少？」

會長似乎沒有聽見。待了半天，仍然沒抬頭：「我昨天就匯出去了，五千；你們諸公的幾千，今天晌午可以匯了走；大家還方便吧？若是不方便的話，我先打個電報去報告個數目，一半天再匯款。」

「容我們一半天的工夫也好。」陳老先生用眼睛問武將軍，武將軍點點頭。大家又沒的可說了。

武將軍又忽然想起來：「宏老，走，上我那兒吃飯去！會長去不去？」

「我不陪了，還得找幾位朋友去，急賑！」會長立起來，「不忙，天還早。」

陳老先生願意離開這裡，可是不十分熱心到武宅去吃飯。他可沒思索便答應了武將軍，他知道自己心中是有點亂，有個地方去也好。他慚愧，為一千塊錢而心中發亂；毛病都在他沒作過鹽運使與軍長；他不能不原諒自己。到底心中還是發亂。

坐上將軍的汽車，一會兒就到了武宅。

武將軍的書房很高很大，好像個風雨操場似的，可是牆上掛滿了字畫，到處是桌椅，桌上擠滿了擺設。字畫和擺設都是很貴買來的，而幾乎全是假古董。懂眼的人不好意思當著他的面說是假的，可是即使說了，將軍也不在乎；遇到陰天下雨沒事可作的時候，他不看那些東西，而一件件的算價錢：加到一塊統計若干，而後分類，字畫值多錢，銅器值若干，玉器……來回一算，他可以很高興的過一早晨，或一後半天。

陳老先生不便說那些東西「都」是假的，也不便說「都」是真的，他指出幾件不地道，而囑咐將軍：「以後再買東西，找我來；或是講明了，付過了錢哪時要退就可以退，」他可惜那些錢。

「正好，我就去請你，買不買的，說會子話兒！」武將軍馬上想起話來。

這所房子值五萬；家裡現在只剩了四個娘們，原先本是九個來著，裁去了五個，保養身體，修道。他有朝一日再掌兵權也不再多殺人，太缺德……陳老先生搭不上話，可是這麼想：假若自己是宰相，還能不和將軍們來往麼？自己太褊狹，因為沒作過官；一個儒者，書生的全部經驗是由作官而來。他把心放開了些，慢慢的覺到武將軍也有可愛之處，就拿將軍的大方說，會長剛一提賑災，他就認兩千，無論怎說，這是有益於人民的……至少他不能得罪了將軍，兒子的前途——文王的大德，武王的功績，相輔而成，相輔而成！

僕人拿進一封信來。武將軍接過來，隨手放在福建漆的小桌上。僕人還等著。將軍看了信封一眼：「怎回事？」

「要將軍的片子，要緊的信！」

「找張名片去，請王先生來！」王先生是將軍的秘書。

「王先生吃飯去了，大概得待一會兒……」

將軍撕開了信封。抽出信紙，順手兒遞給了陳老先生：「老先生給看一眼，就是不喜歡念信！那誰，抽屜裡有名片。」

陳老先生從袋中摸出大眼鏡，極有氣勢的看信：

「武將軍仁兄閣下敬啟者恭維

起居納福金體康寧為盼舍侄之事前曾面托是幸今聞錢子美次長與

將軍仁兄交情甚厚次長與秦軍長交情亦甚厚如蒙鼎助與次長書通一聲則薄酬六千二位平分可也次長常至軍長家中順便一說定奏成功無任感激心照不宣祇祝

鈞安

如小弟馬應龍頓首」

陳老先生的鬍子擋不住他的笑了。文人的身分，正如文人的笑的資料，最顯然的是來自文字。陳老先生永遠忘不了這封信。

「怎回事？」武將軍問。

老先生為了難；這樣的信能高聲朗誦的給將軍念一過嗎？他們倆並沒有多大交情；他想用自己的話翻譯給將軍，可是六千元等語是沒法翻得很典雅的；況且太文雅了，將軍是否能聽得明白，也是個問題。他用白話兒告訴了將軍，深恐將軍感到不安；將軍聽明白了，只說了聲：「就是別拜把子，麻煩！」態度非常的自然。

陳老先生明白了許多的事。

五

廉伯太太正在燈下給傻小子織毛襪子，嘴張著點，時時低聲的數數針數。廉伯進來。她看了丈夫一眼，似笑非笑的低下頭去照舊作活。廉伯心中覺得不合適，彷彿不大認識她了。結婚時的她忽然極清楚浮現在心中，而面前的她倒似乎渺茫不真了。他無聊的，慢慢的，坐在椅子上。不肯承認已經厭惡了太太，可也無從再愛她。她現在只是一堆肉，一堆討厭的肉，對她沒有可說的，沒有可作的。

「孩子們睡了？」他不願呆呆的坐著。

「剛睡，」她用編物針向西指了指，孩子們是由劉媽帶著在西套間睡。說完，她繼續的編手中的小襪子。似用著心，又似打著玩，嘴唇輕動，記著針數；有點傻氣。

廉伯點上枝香煙，覺到自己正像個煙筒，細長，空空的，只會冒著點煙。

吸到半枝上，他受不住了，想出去，他有地方去。可是他沒動，已經忙了一天，不願再出去。他試著找她的美點，剛找到便又不見了。不想再看。說點什麼，完全拿她當個「太太」看，談些家長裡短。她一聲不出，連咳嗽都是在嗓子裡微微一響，恐怕使他聽見似的。

「嗨！」他叫了聲，低，可是非常的硬，「啞巴！」

「喲！」她將針線按在心口上，「你嚇我一跳！」

廉伯的氣不由的撞上來，把煙卷用力的摔在地上，蹦起一些火花。「別扭！」

「怎啦？」她慌忙把東西放下，要立起來。

他沒言語；可是見她害了怕，心中痛快了些，用腳把地上的煙蹂滅。

她呆呆的看著他，像被驚醒的雞似的，不知怎樣才好。

「說點什麼，」他半惱半笑的說，「老編那個雞巴東西！離冬天還遠著呢，忙什麼！」

她找回點笑容來：「說冷可就也快；說吧。」

他本來沒的可說，臨時也想不出。這要是擱在新婚的時候，本來無須再說什麼，有許多的事可以代替說話。現在，他必得說些什麼，他與她只是一種關係；別的都死了。只剩下這點關係；假若他不願斷絕這點關係的話，他得天天回來，而且得設法找話對她說！

「二爺呢？」他隨便把兄弟拾了起來。

「沒回來吧；我不知道。」她覺出還有多說點的必要：「沒回來吃飯，橫是又湊上了。」

「得給他定親了，省得老不著家。」廉伯痛快了些，躺在床上，手枕在腦後。「你那次說的是誰來著？」

「張家的三姑娘，長得仙女似的！」

「啊，美不美沒多大關係。」

她心中有點刺的慌。她娘家沒有陳家闊，而自己在作姑娘的時候也很俊。

廉伯沒注意她。深感覺到廉仲婚事的困難。弟弟自己沒本事，全仗著哥哥，而哥哥的地位還沒達到理想的高度。說親就很難：高不成，低不就。可是即使哥哥的地位再高起許多，還不是弟弟跟著白佔便宜？廉伯心中有點不自在：以陳家全體而言，弟弟應當娶個有身分的女子，以弟弟而言，癡人有個傻造化，苦了哥哥！慢慢再說吧！

把弟弟的婚事這麼放下，緊跟著想起自己的事。一想起來，立刻覺得屋中有點閉氣，他想出去。可是……「說，把小鳳接來好不好？你也好有個伴兒。」

廉伯太太還是笑著，一種代替哭的笑：「隨便。」

「別隨便，你說願意。」廉伯坐起來。「不都為我，你也好有個幫手；她不壞。」

她沒話可說，轉來轉去還是把心中的難過笑了出來。

「說話呀，」他緊了一板：「願意就完了，省事！」

「那麼不等二弟先結婚啦？」

他覺出她的厲害。她不哭不鬧，而拿弟弟來支應，厲害！設若她吵鬧，好辦；父親一定向著兒子，父親不能勸告兒子納妾，可是一定希望再有個孫子，大成有點傻，而太太不易再生養。不等弟弟先結婚了？多麼冠冕堂皇！弟弟算什麼東西！十幾年的夫婦，跟我掏鯰壞！他立起來，找帽子，不能再在這屋裡多停一分鐘。

「上哪兒？這早晚！」

沒有回答。

六

微微的月光下，那個小門像圖畫上的，門樓上有些樹影。輕輕的拍門，他口中有點發乾，恨不能一步邁進屋裡去。小鳳的母親來開，他希望的是小鳳自己。老媽媽問了他一句什麼，他只哼了一聲，一直奔了北屋去。屋中很小，很乾淨，還擺著盆桂花。她從東裡間出來：「你，喲？」

老媽媽沒敢跟進來，到廚房去泡茶。他想摟住小鳳。可是看了她一眼，心中涼了些，聞到桂花的香味。她沒打扮著，臉黃黃的，眼圈有點發紅，好似忽然老了好幾歲。廉伯坐在椅上，想不起說什麼好。

「我去擦把臉，就來！」她微微一笑，又進了東裡間。

老媽媽拿進茶來，又閒扯了幾句，廉伯沒心聽。老媽媽的白髮在電燈下顯著很鬆很多，蓬散開個白的光圈。他呆呆的看著這團白光，心中空虛。

不大一會兒，小鳳回來了。臉上擦了點粉，換了件衣裳，年輕了些，淡綠的長袍，印著些小碎花。廉伯愛這件袍兒，可是剛才的紅眼圈與黃臉仍然在心中，他覺得是受了騙。同時，他又捨不得走，她到底還有點吸力。無論如何，他不能馬上又折回家去，他不能輸給太太。老媽媽又躲出去。

小鳳就是沒擦粉，也不算難看；擦了粉，也不妖媚。高高的細條身子，長臉，沒有多少血，白淨。鼻眼都很清秀，牙非常的光白好看。她不健康，不妖艷，但是可愛。她身上有點什麼天然帶來的韻味，像春霧，像秋水，淡淡的籠罩著全身，沒有什麼特別的美點，而處處輕巧自然，一舉一動都溫柔秀氣；衣服在她身上像遮月的薄雲，明潔飄灑。她不愛笑，但偶爾一笑，露出一些好看的牙，是她最美的時候，可是僅僅那麼一會兒，轉眼即逝，使人追味，如同看著花草，忽然一個白蝶飛來，又飄然飛過了牆頭。

「怎這麼晚？」她遞給他一枝煙，扔給他一盒洋火。

「忙！」廉伯舒服了許多。看著藍煙往上升，他定了定神，為什麼單單愛這個貧血的女人？奇怪，自從有了這個女人，把尋花問柳的事完全當作應酬，心上只有她一個人，為什麼從煙中透過一點濃而不厭的桂香，對，她的味兒長遠！「眼圈又紅了，為什麼？」

「沒什麼，」她笑得很小，只在眼角與鼻翅上輕輕一逗，可是表現出許多心事：「有點頭疼，吃完飯也沒洗臉。」

「又吵了架？一定！」

「不願意告訴你，弟弟又回來了！」她皺了一下眉。

「他在哪兒呢？」他喝了一大口茶，很關切的樣子。

「走了，媽媽和我拿你嚇唬他來著。」

「別遇上我，有他個苦子吃！」廉伯說得極大氣。

「又把媽媽的錢……」她彷彿後悔了，輕輕歎了口氣。

「我還得把他趕跑！」廉伯很堅決，自信有這個把握。

「也別太急了，他——」

「他還能怎樣了陳廉伯？」

「不是，我沒那麼想；他也有好處。」

「他？」

「要不是他，咱倆還到不了一塊，不是嗎？」

陳廉伯哈哈的笑起來：「沒見過這樣的紅娘！」

「我簡直沒辦法。」她又皺上了眉。「媽媽就有這麼一個兒子，恨他，可是到底還疼他，作媽媽的大概都這樣。只苦了我，向著媽媽不好，向著弟弟不好！」

「算了吧，說點別的，反正我有法兒治他！」廉伯其實很願聽她這麼訴苦，這使他感到他的勢力與身分，至少也比在家裡跟夫人對楞著強；他想起夫人來：「我說，今兒個我可不回家了。」

「你們也又吵了嘴，為我？」她要笑，沒能笑出來。

「為你；可並沒吵架。我有我的自由，我愛上這兒來別人管不著我！不過，我不願意這麼著；你是我的人，我得把你接到家中去；這麼著別扭！」

「我看還是這麼著好。」她低著頭說。

「什麼？」他看準了她的眼問。

她的眼光極軟，可是也對準他的：「還是這麼著好。」

「怎麼？」他的嘴唇並得很緊。

「你還不知道？」她還看著他，似乎沒理會到他的要怒的神氣。

「我不知道！」他笑了，笑得很冷。「我知道女人們別扭。吃著男人，喝著男人，吃飽喝足了成心氣男人。她不願意你去，你不願意見她，我曉得。可是你們也要曉得，我的話才算話！」他挺了挺他的水蛇腰。

她沒再說什麼。因為沒有光明的將來，所以她不願想那黑暗的過去。她只求混過今天。可是躺在陳廉伯的旁邊，她睡不著，過去的圖畫一片片的來去，她沒法趕走它們。它們引逗她的淚，可是只有哭彷彿是件容易做的事。

她並不叫「小鳳」，宋鳳貞才是她；「小鳳」是廉伯送給她的，為是聽著像個「外家」。她是師範畢業生，在小學校裡教書，養活她的母親。她不肯出嫁，因為弟弟龍雲不肯負起養活老母的責任。媽媽為他們姐弟吃過很大的苦處，龍雲既不肯為老人想一想，鳳貞彷彿一點不能推脫奉養媽媽的義務，或者是一種權利，假如把「孝」字想到了的話。為這個，她把出嫁的許多機會讓過去。

她在小學裡很有人緣，她有種引人愛的態度與心路，所以大家也就喜歡她。校長是位四十多歲的老姑娘，已辦了十幾年的學，非常的糊塗，非常的任性，而且有一頭假頭髮。她有錢，要辦學，沒人敢攔著她。連她也沒挑出鳳貞什麼毛病來，可是她的弟弟說鳳貞不好，所以她也以為鳳貞可惡。鳳貞怕失業，她到校長那裡去說：校長的弟弟常常跟隨著她，而且給她寫信，她不肯答理他。校長常常辭退教員，多半是因為教員有了愛人。校長自己是老姑娘，不許手下的教員講戀愛；因為這個，社會上對於校長是十二分尊敬的；大家好像是這樣想：假若所有的校長都能這樣，國家即使再弱上十倍，也會睡醒一覺就夢似的強起來。鳳貞曉得這個，所以覺得跟校長說明一聲，校長必會管教她的兄弟。

可是校長很簡單的告訴鳳貞：「不准誣賴好人，也不准再勾引男子，再有這種事，哼……」

鳳貞的淚全咽在肚子裡。打算辭職，可是得等找到了別的事，不敢冒險。慢慢的，這件事被大家知道了，都為鳳貞不平。校長聽到了一些，她心中更冒了火。有一天朝會的時候，她教訓了大家一頓，話很不好聽，有個暴性子的大學生喊了句：「管教管教你弟弟好不好！」

校長哈哈的笑起來：「不用管教我弟弟，我得先管教教員！」她從袋中摸出個紙條來：「看！收了我弟弟五百塊錢，反說我兄弟不好。宋鳳貞！我待你不錯，這就是你待朋友的法兒，是不是？你給我滾！」

鳳貞只剩了哆嗦。學生們馬上轉變過來，有的向她呸呸的啐。她不曉得怎樣走回了家。到了家中，她還不敢哭；她知道那五百塊錢是被弟弟使了，不能告訴媽媽；她失了業，也不能告訴媽媽。她只說不太舒服，請了兩天假；她希望能快快的在別處找個事。

找了幾個朋友，托給找事，人家都不大高興理她。龍雲回來了，很懇切的告訴姐姐：「姐，我知道你能原諒我。我有我的事業，我需要錢。我的手段也許不好，我的目的沒有錯兒。只有你能幫助我，正像只有你能養著母親。為幫助母親與我，姐，你須捨掉你自己，好像你根本沒有生在世間過似的。校長弟弟的五百元，你得替我還上；但是我不希望你跟他去。偵探長在我的背後，你能拿住了偵探長，偵探長就拿不住了我，明白，姐？你得到他，他就會還那五百元的賬，他就會給你找到事，他就會替你養活著母親。得到他，替我遮掩著，假如不能替我探聽什麼。我得走了，他就在我背後呢！再見，姐，原諒我不能聽聽你的意見！記住，姐姐，你好像根本沒有生在世間過！」

她明白弟弟的話。明白了別人，為別人做點什麼，只有捨去自己。

弟弟的話都應驗了，除了一句——他就會給你找到事。他沒給鳳貞找事，他要她陪著睡。鳳貞沒再出過街門一次，好似根本沒有生在世間過。對於弟弟，她只能遮掩，說他不孝、糊塗、無賴；為弟弟探聽，她不會做，也不想做，她只求混過今天，不希望什麼。

七

陳老先生明白了許多的事。有本領的人使別人多懂些事，沒有本事的人跟著別人學，慚愧！自己跟著別人學！但是不能不學，一事不知，君子之恥，活到老學到老！誰叫自己沒補上知縣呢！作官方能知道一切。自己的祖父作過道台，自己的父親可是只作到了「坊里德表」，連個功名也沒得到！父親在族譜上不算個數，自己也差不多；可是自己的兒子……

不，不能全靠著兒子，自己應當老當益壯，假若功名無望，至少得幫助兒子成全了偉大事業。自己不能作官，還不會去結交官員嗎？打算幫助兒子非此不可！他看出來，作官的永遠有利益，鹽運使，將軍，退了職還有大宗的入款。官和官聲氣相通，老相互幫忙。盟兄弟、親戚、朋友，打成一片；新的官是舊官的枝葉；即使平地雲雷，一步登天，還是得找著舊官宦人家求婚結友；一人作官，福及三代。

他明白了這個。想到了二兒子。平日，看二兒子是個廢物，現在變成了寶貝。廉伯可惜已經結了婚，廉仲大有希望。比如說武將軍有個小妹或女兒，給了廉仲？即使廉仲沒出息到底，可是武將軍又比廉仲高明著多少？他打定了主意，廉仲必須娶個值錢的女子，哪怕醜一點呢，歲數大一點呢，都沒關係。廉伯只是個偵探長，那麼，醜與老便是折沖時的交換條件：陳家地位低些，可是你們的姑娘不俊秀呢！慚愧，陳家得向人家交換條件，無法，誰叫陳宏道懷才不遇呢！談笑有鴻儒，往來無白丁，何等氣概！老先生心裡笑了笑。

他馬上托咐了武將軍，武將軍不客氣的問老先生有多少財產。老先生不願意說，又不能不說，而且還得誇張著點兒說。由君子憂道不憂貧的道理說，他似乎應當這樣的回答——方宅十餘畝，草屋八九間。即使這是瞞心昧己的話，聽著到底有些詩味。可是他現在不是在談道，而是談實際問題，實際問題永遠不能作寫詩的材料。他得多說，免得叫武將軍看他不起：

「詩書門第，不過呢，也還有個十幾萬；先祖作過道台……」想給兒子開脫罪名。

「廉伯大概也抓弄不少？官不在大，缺得合適。」武將軍很親熱的說。

「那個，還好，還好！」老先生既不肯像武人那樣口直心快，又不願說倒了行市。

「好吧，老先生，交給我了；等著我的信兒吧！」武將軍答應了。

老先生吐了一口氣，覺得自己並非缺乏實際的才幹，只可惜官運不通；喜完不免又自憐，鬍子嘴兒微微的動著，沒念出聲兒來：「耽酒須微祿，狂歌托聖朝……」

「哼！」武將軍用力拍了大腿一下：「真該揍，怎就忘了呢！寶齋不是有個老妹子！」他看著陳老先生，彷彿老先生一定應該知道寶齋似的。

「哪個寶齋？」老先生沒希望事來得這樣快，他渺茫的有點害怕了。

「不就是孟寶齋，頂好的人！那年在南口打個大勝仗，升了旅長。後來邱軍長倒戈，把他也連累上，撤了差，手中多也沒有，有個二十來萬，頂好的人。我想想看，他──也就四十一二，老妹子過不去二十五六，『老』妹子。合適，就這麼辦了，我明天就去找他，頂熟的朋友。還真就是合適！」

陳老先生心中有點慌，事情太順當了恐怕出毛病！孟寶齋究竟是何等樣的人呢？婚姻大事，不是隨便鬧著玩的。可是，武將軍的善意是不好不接受的。

怎能剛求了人家又撤回手來呢！但是，跟個旅長作親——難道兒子不是偵探長？兒孫自有兒孫福，廉仲有命呢，跟再闊一點的人聯姻，也無不可；命不濟呢，娶個娥皇似的賢女，也沒用。父親只能盡心焉而已，其餘的……再說呢，武將軍也不一定就馬到成功，試試總沒什麼不可以的。他點了頭。

辭別了武將軍，他可是又高興起來，即使是試試，總得算是個勝利；假使武將軍看不起陳家的話，他能這樣熱心給作媒麼？這回不成，來日方長，陳家算是已打入了另一個圈兒，老先生的力量。廉仲也不壞，有點傻造化；希望以後能多給他點好臉子看！

把二兒子的事放下，想起那一千塊錢來。告訴武將軍自己有十來萬，未免，未免，不過，一時的手段；君子知權達變。雖然沒有十來萬，一千塊錢還不成問題。可是，會長與將軍的捐款並不必自己掏腰包，一個買賣就回來三四千——那封信！為什麼自己應當白白拿出一千呢？況且，焉知道他們的捐款本身不是一種買賣呢！作官的真會理財，文章經濟。大概廉伯也有些這種本領，一清早來送封兒，不算什麼不體面的事；自己不要，不過是便宜了別人；人不應太迂闊了。這一千塊錢怎能不叫兒子知道，而且不白白拿出去呢？陳老先生極用心的想，心中似乎充實了許多，作了一輩子書生，現在才明白官場中的情形，才有實際的問題等著解決。兒子盡孝是種光榮，但究竟是空虛的，雖然不必受之有愧，可是並顯不出為父親的真本事。這回這一千元，不能由兒子拿，老先生要露露手段，兒子的孝心是兒子的，父親的本事是父親的，至少這兩回事——廉仲的婚事和一千元捐款——要由父親負責，也教他們年輕的看一看，也證實一下自己並不是酸秀才。

街上彷彿比往日光亮著許多，飛塵在秋晴中都顯著特別的乾爽，高高的浮動著些細小金星。藍天上飄著極高極薄的白雲，將要同化在藍色裡，鷹翅下懸著白白的長絲。老先生覺得有點疲乏，可是非常高興，頭上出了些汗珠，依然扯著方步。來往的青年男女都換上初秋的新衣，獨行的眼睛不很老實，同行的手拉著手，或並著肩低語。老先生惡狠狠的瞪著他們，什麼樣子，男女無別，混帳！老先生想到自己設若還能作官，必須斬除這些混帳們。愛民以德，齊民以禮；不過，亂國重刑，非殺幾個不可！國家將亡，必有妖孽，這種男女便是妖孽。只有讀經崇禮，方足以治國平天下。

但是，自己恐怕沒有什麼機會作官了，頂好作個修身齊家的君子吧。「聖賢雖遠詩書在，殊勝鄰翁擊磬聲！」修身，自己生平守身如執玉；齊家，父慈子孝。俯仰無愧，耿耿此心！忘了街上的男女；我道不行，且獨善其身吧。

他想到新舖子中看看，兒子既然孝敬給老人，老人應當在開市以前去看看，給他們出些主意，「為商為士亦奚異」，天降德於予，必有以用其才者。

聚元糧店正在預備開市，門匾還用黃紙封著，右上角破了一塊，露出極亮的一塊黑漆和一個鮮紅的「民」字。舖子外卸著兩輛大車，一群赤背的人往裡邊扛麵袋，背上的汗濕透了披著的大布巾，頭髮與眉毛上都掛著一層白霜。肥騾子在車旁用嘴偎著料袋，尾巴不住的掄打秋蠅。麵和汗味裹在一處，招來不少紅頭的綠蠅，帶著閃光亂飛。舖子裡面也很緊張，笸籮已擺好，都貼好紅紙簽，小夥計正按著標簽往裡倒各種糧食，糠飛滿了屋中，把新油的綠櫃蓋上一層黃白色。各處都是新油飾的，大紅大綠，像個鄉下的新娘子，盡力打扮而怪難受的。麵粉堆了一人多高，還往裡扛，軟軟的，印著綠字，像一些發腫的枕頭。最著眼的是懸龕裡的關公，臉和前面的一雙大紅燭一樣紅，龕底下貼著一溜米色的掛錢和兩三串元寶。

陳老先生立在門外，等著孫掌櫃出來迎接。夥計們和扛麵的都不答理他，他的氣要往上撞。「借光，別擋著道兒！」扛著兩個麵的，翻著眼瞪他。

「叫掌櫃的出來！」陳老先生吼了一聲。

「老東家！老東家！」一個大點兒的夥計認出來。「老東家！老東家！」傳遞過去，大家忽然停止了工作，臉在汗與麵粉的底下露出敬意。

老先生舒服了些，故意不睬不聞。抬頭看匾角露出的紅「民」字。

孫掌櫃胖胖的由內櫃扭出來，臉上的笑紋隨著光線的強度增多，走到門口，臉上滿是陽光也滿是笑紋。山東綢的褲褂在日光下起閃，腳下的新千層布底白得使人忽然冷一下。「請吧，請吧，老先生。」掌櫃的笑向老東家放射，眼角撩著麵車，千層底躲著馬尾，腦瓢兒指揮小徒弟去沏茶打手巾。一點不忙，而一切都作到了掌櫃的身分。慢慢的向內櫃走，都不說話，掌櫃的胖笑臉向左向右，微微一抬，微微向後；老先生的眼隨著胖笑臉看到了一切。

到了內櫃，新油漆味，老關東煙味，後院的馬糞味，前面浮進來的糠味，拌成一種很沉重而得體的臭味。老先生入了另一世界。這個味道使他忘了以前的自己，而想到一些比書生更充實更有作為的事兒。平日的感情是來自書中，平日的願望是來自書中，空的，都是空的。現在他看著牆上斜掛著一溜藍布皮的賬簿，桌上的紫紅的算盤，牆角放著的大錢櫃，鎖著放光的巨鎖，貼著「招財進寶」……他覺得這是實在的、可捉摸的事業；這個事業未必比作官好，可是到底比向著書本發呆，或高吟「天生德於予」強的多。這是生命、作為、事業。即使不幸，兒子擱下差事，這裡，這裡！到底是有米有麵有錢，經濟！

他想起那一千塊來。

「孫掌櫃，比如說，閒談，咱們要是能應下來一筆賑糧；今年各處鬧災，大概不久連這裡也得收容不少災民；辦賑糧能賠錢不能？請記住，這可是慈善事兒！」

孫掌櫃摸不清老東家的意思，只能在笑上努力：「賠不了，怎能賠呢？」「閒談；怎就不能賠呢？」

又笑了一頓，孫掌櫃拿起長煙袋，劃著了兩棍火柴，都倒插在煙上，而後把老玉的煙嘴放在唇間。「辦賑糧只有賺，弄不到手的事兒！」撇著嘴咽了口很厚很辣的煙。「怎麼說呢，是這麼著：賑糧自然免稅，白運，啊！——」

「還怎著？」老先生閉上眼，氣派很大。

「誰當然也不肯專辦賑；白運，這裡頭就有伸縮了。」他等了等，看老東家沒作聲，才接著說：「趕到糧來了，發的時候還有分寸。」

「那可——」老先生睜開了眼。

「不必一定那麼辦，不必；假如咱們辦，實入實出；占白運的便宜，不苦害難民，落個美名，正趕上開市，也好立個名譽。買賣是活的，看怎調動。」孫掌櫃叼著煙袋，斜看著白千層底兒。

「買賣是活的，」在老先生耳中還響著，跟作文章一樣，起承轉合……

「老先生，有路子嗎？」孫掌櫃試著步兒問。

「什麼路子？」

「辦賑糧。」

「我想想看。」

「運動費可也不小。」

「有人，有人；我想想看。」老先生慢慢覺得孫掌櫃並不完全討厭。武將軍與孫掌櫃都不像想像的那麼討厭，自己大概是有點太板了；道足以正身，也足以殺滅生機，彷彿是要改一改，自己有了財，有了身分，傳道豈不更容易；湯武都是皇帝，富有四海，仍不失為聖人。拿那一千，再拿一二千去運動也無所不可，假如能由此買賣興隆起來，日進斗金……他和孫掌櫃詳細的計議了一番。

臨走，孫掌櫃想起來：「老先生，內櫃還短塊匾，老先生給選兩個好字眼，寫一寫；明天我親自去取。」

「寫什麼呢？」老先生似乎很尊重掌櫃的意見。

「老先生想吧，我一肚子俗字！」

老先生哈哈的笑起來，微風把長鬚吹斜了些，在陽光中飄著疏落落的金絲。

八

「大嫂！」廉仲在窗外叫：「大嫂！」

「進來，二弟。」廉伯太太從裡間匆忙走出來。「喲，怎麼啦？」

廉仲的臉上滿是汗，臉蛋紅得可怕，進到屋中，一下子坐在椅子上，好像要昏過去的樣子。

「二弟，怎啦？不舒服吧？」她想去拿點糖水。廉仲的頭在椅背上搖了搖，好容易喘過氣來。「大嫂！」叫了一聲，他開始抽噎著哭起來，頭捧在手裡。

「二弟！二弟！說話！我是你的老嫂子！」

「我知道，」廉仲掙扎著說出話來，滿眼是淚的看著嫂子：「我只能對你說，除了你，沒人在這裡拿我當作人。大嫂你給我個主意！」他淨下了鼻子。

「慢慢說，二弟！」廉伯太太的淚也在眼圈裡。

「父親給我定了婚，你知道？」

她點了點頭。

「他沒跟我提過一個字；我自己無意中聽到了，女的，那個女的，大嫂，公開的跟她家裡的汽車夫一塊睡，誰都知道！我不算人，我沒本事，他們只圖她的父親是旅長，媒人是將軍，不管我……王八……」

「父親當然不知道她的……」

「知道也罷，不知道也罷，我不能受。可是，我不是來告訴你這個。你看，大嫂，」廉仲的淚漸漸乾了，紅著眼圈，「我知道我沒本事，我傻，可是我到底是個人。我想跑，窮死，餓死，我認命，不再登陳家的門。這口飯難咽！」

「咱們一樣，二弟！」廉伯太太低聲的說。

「我很想玩他們一下，」他見嫂子這樣同情，爽性把心中的話都抖落出來：「我知道他們的劣跡，他們強迫買賣家給送禮——乾禮。他們抄來『白麵』用麵粉頂換上去，他們包辦賑糧……我都知道。我要是揭了他們的蓋兒，槍斃，槍斃！」

「嘔，二弟，別說了，怕人！你跑就跑得了，可別這麼辦哪！於你沒好處，於他們沒好處。我呢，你得為我想想吧！我一個婦道人家……」她的眼又向四下裡望了，十分害怕的樣子。

「是呀，所以我沒這麼辦。我恨他們，我可不恨你，大嫂；孩子們也與我無仇無怨。我不糊塗。」廉仲笑了，好像覺得為嫂子而沒那樣辦是極近人情的事，心中痛快了些，因為嫂子必定感激他。「我沒那麼辦，可是我另想了主意。我本打算由昨天出去，就不登這個門了，我去賭錢，大嫂你知道我會賭？我是這麼打好了主意：賭一晚上，贏個幾百，我好遠走高飛。」

「可是你輸了。」廉伯太太低著頭問。

「我輸了！」廉仲閉上了眼。

「廉仲，你預備輸，還是打算贏？」宋龍雲問。

「贏！」廉仲的臉通紅。

「不賭；兩家都想贏還行。我等錢用。」

那兩家都笑了。

「沒你缺一手。」廉仲用手指肚來回摸著一張牌。

「來也不打麻將，沒那麼大工夫。」龍雲向黑的屋頂噴了一口煙。

「我什麼也陪著，這二位非打牌不可，專為消磨這一晚上。坐下！」廉仲很急於開牌。

「好吧，八圈，多一圈不來？」

三家勉強的點頭。「坐下！」一齊說。

「先等等，拍出錢來看看，我等錢用！」龍雲不肯坐下。

三家掏出票子扔在桌上，龍雲用手撥弄了一下：「這點錢？玩你們的吧！」

「根本無須用錢；籌碼！輸了的，明天早晨把款送到；賭多少的？」廉仲立起來，拉住龍雲的臂。

「我等兩千塊用，假如你一家輸，輸過兩千，我只要兩千，多一個不要；明天早上清賬！」

「坐下！你輸了也是這樣？」廉仲知道自己有把握。

「那還用說，打座！」

八圈完了，廉仲只和了個末把，胖手哆嗦著數籌碼，他輸了一千五。

「再來四圈？」他問。

「說明了八圈一散。」龍雲在褲子上擦擦手上的汗：「明天早晨我同你一塊去取錢，等用！」

「你們呢？」廉仲問那二家，眼中帶著乞憐的神氣。

「再來就再來，他一家贏，我不輸不贏。」

「我也輸，不多，再來就再來。」

「贏家說話！」廉仲還有勇氣，他知道後半夜能轉敗為勝，必不得已，他可以耍花活，似乎必得耍花活！

「不能再續，只來四圈；打座！」龍雲彷彿也打上癮來。廉仲的運氣轉過點來。

「等會兒！」龍雲遞給廉仲幾個籌碼。「說明白了，不帶花招兒的！」

廉仲擰了下眉毛，沒說什麼。

打下一圈來，廉仲和了三把。都不小。

「抹好了牌，再由大家隨便換幾對兒，心明眼亮；誰也別掏壞，誰也別吃虧！」龍雲用自己門前的好幾對牌換過廉仲的幾對來。

廉仲不敢說什麼，瞪著大家的手。

可是第二圈，他還不錯，雖然只和了一把，可是很大。他對著牌笑了笑。

「脫了你的肥袖小褂！」龍雲指著廉仲的胖臉說。

「幹什麼？」廉仲的臉緊得很難看，用嘴唇乾擠出這麼三個字來。

「不帶變戲法兒的，仙人摘豆，隨便的換，哎？」

嘩——廉仲把牌推了，「輸錢小事，名譽要緊，太爺不玩啦！」

「你？你要打的；撿起來！」龍雲冷笑著。

「不打犯法呀！」

「好啦，不打也行，這兩圈不能算數，你淨欠我一千五？」

「我一個兒子不欠你的？」廉仲立起來。

「什麼？你以為還出得去嗎？」龍雲也立起來。

「綁票是怎著？我看見過！」

廉仲想嚇唬嚇唬人。牌是不能再打了，抹不了自己的牌，換不了張，自己沒有必贏的把握。憑氣兒，他敵不住龍雲。

「用不著廢話，我輸了還不是一樣拿出錢？」

「我沒錢！」廉仲說了實話。

「嗨，你們二位請吧，我和廉仲談談。」龍雲向那兩家說：「你不輸不贏，你輸不多，都算沒事，明天見。」那兩家穿好長衣服，「再見。」

「坐下，」龍雲和平了一些，「告訴我，怎回事。」

「沒什麼，想贏倆錢，作個路費，遠走高飛。」廉仲無聊的，失望的，一笑。

「沒想到輸，即使輸了，可以拿你哥哥唬事，偵探長。」

「他不是我哥哥！」

廉仲可是想不起別的話來。他心中忽然很亂：回家要錢，絕對不敢。最後一次利用哥哥的勢力，不行，龍雲不是好惹的。再說呢，龍雲是廉伯的對頭，幫助誰也不好；廉伯拿住龍雲至少是十年監禁，龍雲得了手，廉伯也許吃不住。自己怎辦呢？

「你幹嗎這麼急著用錢？等兩天行不行？」

「我有我的事，等錢用就是等錢用；想法拿錢好了，你！」龍雲一點不讓步。

「我告訴你了，沒錢！」廉仲找不著別的話說。

「家裡去拿。」

「你知道他們不能給我。」

「跟你嫂子要！」

「她哪有錢？」

「你怎知道她沒錢？」

廉仲不言語了。

「我告訴你怎辦，」龍雲微微一笑，「到家對你嫂子明說，就說你輸了錢，輸給了我。我幹嗎用錢呢，你對嫂子這麼講：龍雲打算弄倆錢，把媽媽姐姐都偷偷的帶了走。你這麼一說，必定有錢。明白不？」

「你真帶她們走嗎？」

「那你不用管。」

「好啦，我走吧？」廉仲立起來。

「等等！」龍雲把廉仲攔住。「那兒不是張大椅子？你睡上一會兒，明天九點我放你走。我不用跟著你，你知道我是怎個人。你乖乖的把款送來，好；你一去不回頭，也好；我不願打死人，連你哥哥的命我都不想要。不過，趕到氣兒上呢，我也許放一兩槍玩！」龍雲拍了拍後邊的褲袋。

「大嫂，你知道我不能跟他們要錢？記得那年我為踢球挨那頓打？捆在樹上！我想，他們想打我，現在大概還可以。」

「不必跟他們要，」廉伯太太很同情的說，「這麼著吧，我給你湊幾件首飾，你好歹的對付吧。」

「大嫂！我輸了一千五呢！」

「二弟！」她咽了口氣：「不是我說你，你的膽子可也太大了！一千五！」

「他們逼的我！我平常就沒有賭過多大的耍兒。父親和哥哥逼的我！」

「輸給誰了呢？」

「龍雲！他……」廉仲的淚又轉起來。只有嫂子疼他，怎肯瞪著眼騙她呢？可是，不清這筆賬是不行的，龍雲不好惹。叫父兄知道了也了不得。只有騙嫂子這條路，一條極不光明而必須走的路！「龍雲，龍雲，」他把辱恥、人情，全咽了下去，「等錢用，我也等錢用，所以越賭越大。」

「宋家都不是好人，就不應當跟他賭！」她說得不十分帶氣，可是露出不滿意廉仲的意思。

「他說，拿到這筆錢就把母親和姐姐偷偷的帶了走！」每一個字都燙著他的喉。

「走不走吧，咱們哪兒弄這麼多錢去呢？」大嫂緩和了些。「我雖然是過著這份日子，可是油鹽醬醋都有定數，手裡有也不過是三頭五塊的。」

「找點值錢的東西呢！」廉仲像坐在針上，只求快快的完結這一場。

「哪樣我也不敢動呀！」大嫂楞了會兒。「我也豁出去了！別的不敢動，私貨還不敢動嗎？就是他跟我鬧，他也不敢嚷嚷。再說呢，鬧我也不怕！看他把我怎樣了！他前兩天交給我兩包『白麵』，橫是值不少錢，我可不知道能清你這筆賬不能？」

「哪兒呢？大嫂，快！」

九

已是初冬時節。廉伯帶著兩盆細瓣的白菊，去看「小鳳」。菊已開足，長長的細瓣托著細鐵絲，還顫顫欲墮。他囑咐開車的不要太慌，那些白長瓣動了他的憐愛，用腳夾住盆邊，唯恐搖動得太厲害了。車走的很穩，花依然顫搖，他呆呆的看著那些玉絲，心中忽然有點難過。太陽已壓山了。

到了「小鳳」門前，他就自搬起一盆花，叫車夫好好的搬著那一盆。門沒關著，一直的進去；把花放在階前，他告訴車夫九點鐘來接。

「怎這麼早？」小鳳已立在階上，「媽，快來看這兩盆花，太好了！」

廉伯立在花前，手插著腰兒端詳端詳小鳳，又看看花：「簾捲西風，人比黃菊瘦！大概有這麼一套吧！」他笑了。

「還真虧你記得這麼一套！」小鳳看著花。

「哎，今天怎麼直挑我的毛病？」他笑著問。「一進門就嫌我來得早，這又虧得我……」

「我是想你忙，來不了這麼早，才問。」

「啊，反正你有的說；進來吧。」

桌上放著本展開的書，頁上放著個很秀美的書簽兒。他順手拿起書來：

「喝，你還研究偵探學？」

小鳳笑了；他彷彿初次看見她笑似的，似乎沒看見她這麼美過。「無聊，看著玩。你橫是把這個都能背過來？」

「我？就沒念過！」還看著她的臉，好似追逐著那點已逝去的笑。

「沒念過？」

「書是書，事是事：事是地位與威權。自要你鎮得住就行。好，要是作事都得拉著圖書館，才是笑話！你看我，做什麼也行，一本書不用念。」

「念念可也不吃虧？」

「誰管；先弄點飯吃吃。喲，忘了，我把車夫打發了。這麼著吧，咱們出去吃？」

「不用，我們有剛包好了的餃子，足夠三個人吃的。我叫媽媽去給你打點酒，什麼酒？」

「嗯——一瓶佛手露。可又得叫媽媽跑一趟？」

「出口兒就是。佛手露、青醬肉、醉蟹、白梨果子酒，好不好？」

「小飲賞菊？好！」廉伯非常的高興。

吃過飯，廉伯微微有些酒意，話來得很方便。「鳳，」他拉住她的手，「我告訴你，我有代理公安局局長的希望，就在這兩天！」

「是嗎，那可好。」

「別對人說！」

「我永遠不出門，對誰去說？跟媽說，媽也不懂。」

「龍雲沒來？」

「多少日子了。」

「誰也不知道，我預備好了！」廉伯向鏡子裡看了看自己。「這兩天，」他回過頭來，放低了聲音：「城裡要出點亂子，局長還不知道呢！我知道，可是不管。等事情鬧起來，局長沒了辦法，我出頭，我知底，一伸手事就完。可是我得看準了，他決定辭職，不到他辭職我不露面。我抓著老根；也得先看準了，是不是由我代理；不是我，我還是不下手！」

「那麼城裡亂起來呢？」她皺了皺眉。

「亂世造英雄，鳳！」廉伯非常鄭重了。「小孩刺破手指，媽媽就心疼半天，媽媽是婦人。大丈夫拿事當作一件事看，當作一局棋看；歷史是偉人的歷史！你放心，無論怎亂，也亂不到你這兒來。遇必要的時候，我派個暗探來。」他的嚴重勁兒又滅去了許多。「放心了吧？」

她點點頭，沒說出什麼來。

「沒危險，」廉伯點上支煙，煙和話一齊吐出來。「沒人注意我；我還不夠個角兒，」他冷笑了一下，「內行人才能曉得我是他們這群東西的靈魂；沒我，他們這個長那個員的連一天也作不了。所以，事情萬一不好收拾呢，外間不會責備我；若是都順順當當照我所計劃的走呢，局裡的人沒有敢向我搖頭的。嗯？」他聽了聽，外面有輛汽車停住了。「我叫他九點來，鐘慢了吧？」他指著桌上的小音樂盒。

「不慢，是剛八點。」

院裡有人叫：「陳老爺！」

「誰？」廉伯問。

「局長請！」

「老朱嗎？進來！」廉伯開開門，燈光射在白菊上。

「局長說請快過去呢，幾位處長已都到了。」

鳳貞在後面拉了他一下：「去得嗎？」

他退回來：「沒事，也許他們掃聽著點風聲，可是萬不會知底；我去，要是有工夫的話，我還回來；過十一點不用等。」他匆匆的走出去。

汽車剛走，又有人拍門，拍得很急。鳳貞心裡一驚。「媽！叫門！」她開了屋門等著看是誰。

龍雲三步改作一步的走進來。

「媽，姐，穿衣裳，走！」

「上哪兒？」鳳貞問。

媽媽只顧看兒子，沒聽清他說什麼。

「姐，九點的火車還趕得上，你同媽媽走吧。這兒有三百塊錢，姐你拿著；到了上海我再給你寄錢去，直到你找到事做為止；在南方你不會沒事做了。」

「他呢？」鳳貞問。

「誰？」

「陳！」

「管他幹什麼，一半天他不會再上這兒來。」

「沒危險？」

「婦女到底是婦女，你好像很關心他？」龍雲笑了。

「他待我不錯！」鳳貞低著頭說。

「他待他自己更不錯！快呀，火車可不等人！」

「就空著手走嗎？」媽媽似乎聽明白了點。

「我給看著這些東西，什麼也丟不了，媽！」他顯然是說著玩呢。

「哎，你可好好的看著！」

鳳貞落了淚。

「姐，你會為他落淚，真羞！」龍雲像逗著她玩似的說。

「一個女人對一個男的，」她慢慢的說，「一個同居的男的，若是不想殺他，就多少有點愛他！」

「誰管你這一套，你不是根本就沒生在世間過嗎？走啊，快！」

十

陳老先生很得意。二兒子的親事算是定規了，武將軍的秘書王先生給合的婚，上等婚。老先生並不深信這種合婚擇日的把戲，可是既然是上等婚，便更覺出自己對兒輩是何等的盡心。

第二件可喜的事是賑糧由聚元糧店承辦，利益是他與錢會長平分。他自己並不像錢會長那樣愛財，他是為兒孫創下點事業。

第三件事雖然沒有多少實際上的利益，可是精神上使他高興痛快。錢會長約他在國學會講四次經，他的題目是「正心修身」，已經講了兩次。聽講的人不能算少，多數都是坐汽車的。老先生知道自己的相貌、聲音，已足驚人；況且又句句出經入史，即使沒有人來聽，說給自己聽也是痛快的。講過兩次以後，他再在街上閒步的時節，總覺得汽車裡的人對他都特別注意似的。已講過的稿子不但在本地的報紙登出來，並且接到兩份由湖北寄來的報紙，轉載著這兩篇文字。這使老先生特別的高興：自己的話與力氣並沒白費，必定有許多許多人由此而潛心讀經，說不定再加以努力也許成為普遍的一種風氣，而恢復了固有的道德，光大了古代的文化；那麼，老先生可以無愧此生矣！立德立功立言，老先生雖未能效忠廟廊，可是德與言已足不朽；他想像著聽眾眼中看他必如「每為後生談舊事，始知老子是陳人」，那樣的可敬可愛的老儒生、詩客。他開始覺到了生命，肉體的、精神的，形容不出的一點像「西風白髮三千丈」的什麼東西！

「廉仲怎麼老不在家？」老先生在院中看菊，問了廉伯太太——拉著小妞兒正在簷前立著——這麼一句。「他大概晚上去學英文，回來就不早了。」她眼望著遠處，扯了個謊。

「學英文幹嗎？中文還寫不通！小孩子！」看了孫女一眼，「不要把指頭放在嘴裡！」順勢也瞪了兒媳一下。

「大嫂！」廉仲忽然跑進來，以為父親沒在家，一直奔了嫂子去。及至看見父親，他立住不敢動了：「爸爸！」

老先生上下打量了廉仲一番，慢慢的，細細的，厲害的，把廉仲的心看得亂跳。看夠多時，老先生往前挪了一步，廉仲低下頭去。

「你上哪兒啦？天天連來看看我也不來，好像我不是你的父親！父親有什麼對不起你的地方，說！事情是我給你找的，憑你也一月拿六十元錢？婚姻是我給說定的，你並不配娶那麼好的媳婦！白天不來省問，也還可以，你得去辦公；晚上怎麼也不來？我還沒死！進門就叫大嫂，眼裡就根本沒有父親！你還不如大成呢，他知道先叫爺爺！你並不是小孩子了；眼看就成婚生子；看看你自己，哪點兒像呢！」老先生發氣之間，找不到文話與詩句，只用了白話，心中更氣了。

「媽，媽！」小女孩輕輕的叫，連扯媽媽的袖子：「咱們上屋裡去！」

廉伯太太輕輕搡了小妞子一下，沒敢動。

「父親，」廉仲還低著頭，「哥哥下了監啦！您看看去！」

「什麼？」

「我哥哥昨兒晚上在宋家叫局裡捉了去，下了監！」

「沒有的事！」

「他昨天可是一夜沒回來！」廉伯太太著了急。

「馮有才呢？一問他就明白了。」老先生還不相信廉仲的話。

「馮有才也拿下去了！」

「你說公安局拿的？」老先生開始有點著急了：「自家拿自家的人？為什麼呢？」

「我說不清，」廉仲大著膽看了老先生一眼：「很複雜！」

「都叫你說清了，敢情好了，糊塗！」

「爺爺就去看看吧！」廉伯太太的臉色白了。

「我知道他在哪兒呢？」老先生的聲音很大。他只能向家裡的人發怒，因為心中一時沒有主意。

「您見見局長去吧；您要不去，我去！」廉伯太太是真著急。

「婦道人家上哪兒去？」老先生的火兒逼了上來：「我去！我去！有事弟子服其勞，廢物！」他指著廉仲罵。

「叫輛汽車吧？」廉仲為了嫂子，忍受著罵。

「你叫去呀！」老先生去拿帽子與名片。

車來了，廉仲送父親上去；廉伯太太也跟到門口。叔嫂見車開走，慢慢的往裡走。

「怎回事呢？二弟！」

「我真不知道！」廉仲敢自由的說話了。「是這麼回事，大嫂，自從那天我拿走那兩包東西，始終我沒離開這兒，我捨不得這些朋友，也捨不得這塊地方。我自幼生在這兒！把那兩包東西給了龍雲，他給了我一百塊錢。我就白天還去做事，晚上住在個小旅館裡。每一想起婚事，我就要走；可是過一會兒，又忘了。好在呢，我知道父親睡得早，晚上不會查看我。廉伯呢一向就不注意我，當然也不會問。我倒好幾次要來看你，大嫂，我知道你一定不放心。可是我真懶得再登這個門，一看見這個街門，我就連條狗也不如了，彷彿是。我就這麼對付過這些日子，說不上痛快，也說不上不痛快，馬馬糊糊。昨天晚上我一個人無聊瞎走，走到宋家門口，也就是九點多鐘吧。哥哥的汽車在門口放著呢。門是路北的，車靠南牆放著。院裡可連個燈亮也沒有。車夫在車裡睡著了，我推醒了他，問大爺什麼時候來的。他說早來了，他這是剛把車開回來接偵探長，等了大概有二十分鐘了，不見動靜。所以他打了個盹兒。」

把小女孩交給了劉媽，他們叔嫂坐在了台階上，陽光挺暖和。廉仲接著說：「我推了推門，推不開。拍了拍，沒人答應。奇怪！又等了會兒，還是沒有動靜。我跟開車的商議，怎麼辦。他說，裡邊一定是睡了覺，或是都出去聽戲去了。我不敢信，可也不敢再打門。車夫決定在那兒等著。」

「你那天不是說，龍雲要偷偷把她們送走嗎？」廉伯太太想起來。

「是呀，我也疑了心；莫非龍雲把她們送走，然後把哥哥誆進去……」廉仲不願說下去，他覺得既不應當這麼關心哥哥，也不應當來驚嚇嫂子。可是這的確是他當時的感情，哥哥到底是哥哥，不管怎樣恨他，「我決定進去，哪怕是跳牆呢！我正在打主意，遠遠的來了幾個人，走在胡同的電燈底下，我看最先的一個像老朱，公安局的隊長。他們一定是來找哥哥，我想；我可就藏在汽車後面，不願叫他們或哥哥看見我。

「他們走到車前，就和開車的說開了話。他們問他等誰呢，他笑著說，還能等別人嗎？嘔，他還不知道，老朱說。你大概是把陳送到這兒，找地方吃飯去了，剛才又回來？我沒聽見車夫說什麼，大概他是點了點頭。好了，老朱又說了，就用你的車吧。小鳳也得上局裡去！說著，他們就推門了。推不開。他們似乎急了，老朱上了牆，牆裡邊有棵不大的樹。一會兒他從裡面把門開開，大家都進去。我乘勢就跑出老遠去，躲在黑影裡等著。好大半天，他們才出來，並沒有她。汽車開了。我繞著道兒去找龍雲。什麼地方也找不著他，我一直找到夜裡兩點，我知道事情是壞了：『小鳳也得上局裡去！』也得去！這不是說哥哥已經去了嗎？他要是保護不了小鳳，必定是他已顧不了自己！可是我不敢家來，我到底沒得到確信。今天早晨，我給偵探隊打電，找馮有才，他沒在那兒。剛才我一到家，他也沒在門房，我曉得他也完了。打完電，我更疑心了，可是究竟沒個水落石出。我不敢向公安局去打聽，我又不能不打聽，亂碰吧，我找了聚元的孫掌櫃去，他，昨天晚上也被人抓了去，便衣巡警把著門，鋪子可是還開著，大概是為免得叫大家大驚小怪，同時又禁止夥計們出來。我假裝問問米價，大夥計還精明，偷偷告訴了我一句：汽車裝了走，昨晚上！」

「二弟，」廉伯太太臉上已沒一點血色，出了冷汗。「二弟！你哥哥，」她哭起來。

「大嫂。別哭！咱們等爸爸回來就知道了。大概沒多大關係！」

「他活不了，我知道，那兩包白麵！」她哭著說。

「不至於！大嫂！咱們快快想主意！」

傻小子大成拿著塊點心跑來了：「胖叔！你又欺侮媽哪？回來告訴爺爺，叫爺爺揍你！」

要在平常日子，以陳老先生的服裝氣度，滿可以把汽車開進公安局的裡邊去；這天門前加了崗，都持槍，上著刺刀；車一到就被攔住了。老先生要見局長，掏出片子來，巡警當時說局長今天不見客。老先生才知道事情是非常嚴重了，不敢發作，立刻坐上車去找錢會長。他知道了事情是很嚴重，可是想不出兒子犯了什麼罪；兒子沒有什麼不好的地方。大概是在局裡得罪了人，那麼，有人出來調停一下也就完了。設若仍然不行呢，花上點錢，送上些禮，疏通疏通總該一天雲霧散了。這麼一想，他心中寬了些。

見著錢會長，他略把他所知道的說了一遍：「子美翁你知道，廉伯是個孝子；未有孝悌而好犯上者也。他不會做出什麼不體面的事來。我自己，你先生也曉得，在今日像我們這樣的家庭有幾個？恐怕只是廉伯於無意中開罪於人，那麼我想請子美翁給調解一下，大概也就沒什麼了。」

「大概沒多大關係，官場中彼此傾軋是常有的事，」錢會長一邊咕嚕著水煙，「我打聽打聽看。」

「會長若是能陪我到趟公安局才好，因為我到底還不知其詳，最好能見見局長，再見見廉伯，然後再詳為計劃。」

「我想想看，」會長一勁兒點頭，「事情倒不要這麼急，想想看，總該有辦法的。」

陳老先生心中涼了些。「子美翁看能不能代我設法去見見公安局長，我獨自去，武將軍能不能──」

「是的，武將軍對地面的官員比我還接近，是的，找找他看！」

希望著武將軍能代為出力，陳老先生忽略了錢會長的冷淡。

見著武將軍，他完全用白話講明來意，怕將軍聽不明白。武將軍很痛快的答應與他一同去見局長。

在公安局門口，武將軍遞進自己的片子，馬上被請進去，陳老先生在後面跟著。

局長很親熱的和將軍握手，及至看見了陳老先生，他皺了一下眉，點了點頭。

「剛才老先生來過，局長大概很忙，沒見著，所以我同他來了。」武將軍一氣說完。

「啊，是的，」局長對將軍說，沒看老先生一眼，「對不起，適才有點緊要的公事。」

「廉伯昨晚沒回去，」陳老先生往下用力的壓著氣，「聽說被扣起來，我很不放心。」

「嘔，是的，」局長還對著武將軍說，「不過一種手續，沒多大關係。」

「請問局長，他犯了什麼法呢？」老先生的腰挺起來，語氣也很冷硬。

「不便於說，老先生，」局長冷笑了一下，臉對著老先生：「公事，公事，朋友也有難盡力的地方！」

「局長高見，」陳老先生曉得事情是很難辦了。可是他想不出廉伯能做出什麼不規矩的事。一定這是局長的陰謀，他再也壓不住氣。「局長曉得廉伯是個孝子，老夫是個書生，絕不會辦出不法的事來。局長也有父母，也有兒女，我不敢強迫長官洩露機要，我只以愛子的一片真心來格外求情，請局長告訴我到底是怎回事！士可殺不可辱，這條老命可以不要，不能忍受……」

「哎哎，老先生說遠了！」局長笑得緩和了些。「老先生既不能整天跟著他，他做的事你哪能都知道？」

「我見見廉伯呢？」老先生問。

「真對不起！」局長的頭低下去，馬上抬起來。

「局長，」武將軍插了嘴，「告訴老先生一點，一點，他是真急。」

「當然著急，連我都替他著急，」局長微笑了下，「不過愛莫能助！」

「廉伯是不是有極大的危險？」老先生的腦門上見了汗。

「大概，或者，不至於；案子正在檢理，一時自然不能完結。我呢，凡是我能盡力幫忙的地方無不盡力，無不盡力！」局長立起來。

「等一等，局長，」陳老先生也立起來，臉上煞白，兩腮咬緊，鬍子根兒立起來。「我最後請求你告訴我個大概，人都有個幸不幸，莫要趕盡殺絕。設若你錯待了個孝子，你知道你將遺臭萬年。我雖老朽，將與君周旋到底！」

「那麼老先生一定要知道，好，請等一等！」局長用力按了兩下鈴。

進來一個警士，必恭必敬的立在桌前。

「把告偵探長的呈子取來，全份！」局長的臉也白了，可是還勉強的向武將軍笑。

陳老先生坐下，手在膝上哆嗦。

不大會兒，警士把一堆呈子送在桌上。局長隨便推送在武將軍與老先生面前，將軍沒動手。陳老先生翻了翻最上邊的幾本，很快的翻過，已然得到幾種案由：強迫商家送禮；霸佔良家婦女；假公濟私，借賑私運糧米；竊賣贓貨……老先生不能往下看了，手扶在桌上，只剩了哆嗦。哆嗦了半天，他用盡力量抬起頭來，臉上忽然瘦了一圈，極慢極低的說：「局長，局長！誰沒有錯處呢！他不見得比人家壞，這些狀子也未必都可靠。局長，他的命在你手裡，你積德就完了！你閉一閉眼，我們全家永感大德！」

「能盡力處我無不盡力！武將軍，改天再過去請安！」

武將軍把老先生攙了出來。將軍把他送到家中，他一句話也沒說。那些罪案，他知道，多半都是真的。而且有的是他自己給兒子造成的。可是，他還不肯完全承認這是他們父子的過錯，局長應負多一半責任；局長是可以把那些狀子壓下不問的。他的怨怒多於羞愧，心中和火燒著似的，可是說不出話來。他恨自己的勢力小，不能馬上把局長收拾了。他恨自己的命不好，命給他帶來災殃，不是他自己的毛病，天命！

到了家中，他越想越怕了。事不宜遲，他得去為兒子奔走。幸而他已交結了不少有勢力的朋友。第一個被想到的是孟寶齋，新親自然會幫忙。可是孟寶齋的大煙吃上沒完，雖然答應給設法，而始終不動彈。

老先生又去找別人，大家都勸他不要著急，也就是表示他們不願出力。繞到晚上，老先生明白了世態炎涼還不都是街上的青年男女鬧的！與他為道義之交的人們，聽他講經的人們，也絲毫沒有古道。

但是他沒心細想這個，他身上疲乏，心中發亂。立在鏡前，他已不認識自己了。他的眼陷下好深，眼下的肉袋成了些鯰皮，像一對很大的癟臭蟲。他憤恨，渺茫，心裡發辣。什麼都可以犧牲，只要保住兒子的命。兒媳婦在屋中放聲的哭呢！她帶著大成去探望廉伯，沒有見到。聽著她哭，老先生的淚止不住了，越想越難過，他也放了聲。

他只想喝水，晚飯沒有吃。早早的躺下，疲乏，可是合不上眼。想起什麼都想到半截便忘了，迷亂，心中像老映著破碎不全的電影片。想得討厭了，心中仍不願休息，還希望在心的深處搜出一半個好主意。

沒有主意，他只能低聲的叫，叫著廉伯的乳名。一直到夜中三點，他迷忽過去，不是睡，是像飄在雲裡那樣驚心吊膽的閉著眼。時時彷彿看見兒子回來了，又彷彿聽見兒媳婦啼哭，也看見自己死去的老伴兒……可是始終沒有睜開眼，恍惚像風裡的燈苗，似滅不滅，顧不得再為別人照個亮兒。

十二

太陽出來好久，老先生還半睡半醒的忍著，他不願再見這無望的陽光。

忽然，兒媳婦與廉仲都大哭起來，老先生猛孤仃的爬起來。沒顧得穿長衣，急忙的跑過來，兒媳婦已哭背過氣去，他明白了。他咬上了牙，心中突然一熱，咬著牙把撞上來的一口黏的咽回去。扶住門框，他吼了一聲：「廉仲，你嫂子！」他蹲在了地上，顫成一團。

廉仲和劉媽，把廉伯太太撅巴起來，她閉著眼只能抽氣。

「爸，送信來了，去收屍！」廉仲的胖臉浮腫著，黃蠟似的流著兩條淚。

「好！好！」老先生手把著門框想立起來，手一軟，蹲得更低了些。「你去吧，用我的壽材好了；我還得大辦喪事呢！哈，哈，」他坐在地上狂號起來。

陳老先生真的遍發訃聞，喪事辦得很款式。來弔祭的可是沒有幾個人，連孟宅都沒有人過來。武將軍送來一個鮮花圈，錢會長送來一對輓聯；廉伯的朋友沒來一個。老先生隨著棺材，一直送到墓地。臨入土的時候，老先生拍了拍棺材：「廉伯，廉伯，我還健在，會替你教子成名！」說完他親手燃著自己寫的輓聯：

孝子忠臣，風波於汝莫須有；孤燈白髮，經史傳孫知奈何？

事隔了許久，事情的真象漸漸的透露出來，大家的意見也開始顯出公平。廉伯的罪過是無可置辯的，可是要了他的命的罪名，是竊賣「白麵」——搜檢了來，而用麵粉替換上去。然而這究竟是個「罪名」，骨子裡面還是因為他想「頂」公安局長。又正趕上政府剛下了嚴禁白麵的命令，於是局長得了手。

設若沒有這道命令，或是這道命令已經下了好多時候，不但廉伯的命可以保住，而且局長為使自己的地位穩固，還得至少教廉伯兼一個差事。不能槍斃他，就得給他差事，局長只有這麼兩條路。他不敢撤廉伯的差，廉伯可以幫助局長，也可以隨時倒戈，他手下有人，能擾亂地面。大家所以都這麼說：廉伯與局長是半斤八兩，不過廉伯的運氣差一點，情屈命不屈。

有不少人同情於陳家：無論怎說，他是個孝子，可惜！這個增高了陳老先生的名望。那對輓聯已經膾炙人口。就連公安局長也不敢再趕盡殺絕。聚元的孫掌櫃不久就放了出來，陳家的財產也沒受多少損失：「經史傳孫知奈何？」多麼氣勢！局長不敢結世仇，而托人送來五百元的教育費，陳老先生沒有收下。

陳家的財產既沒受多少損失，親友們慢慢的又轉回來。陳老先生在國學會未曾講完的那兩講——正心修身——在廉伯死的六七個月後，又經會中敦聘續講。老先生瘦了許多，腰也彎了一些，可是聲音還很足壯。聽講的人是很多，多數是想看看被槍斃的孝子的老父親是什麼樣兒。

老先生上台後，戴上大花鏡，手微顫著摸出講稿，長鬚已有幾根白的，可是神氣還十分的好看。講著講著，他一手扶著桌子，一手放在頭上，楞了半天，好像忘記了點什麼。忽然他摘下眼鏡，匆忙的下了台。大家莫名其妙，全立起來。

會中的職員把他攔住。他低聲的，極不安的說：「我回家去看看，不放心！我的大兒子，孝子，死了。廉仲——雖然不肖——可別再跑了！他想跑，我知道！不滿意我給他定下的媳婦；自由結婚，該殺！我回家看看，待一會兒再來講：我不但能講，還以身作則！不用攔我，我也不放心大兒媳婦。她，死了丈夫，心志昏亂；常要自殺，胡鬧！她老說她害了丈夫，什麼拿走兩包東西咧，亂七八糟！無法，無法！幾時能『買蓑山縣雲藏市，橫笛江城月滿樓』呢？」說完，他彎著點腰，扯開不十分正確的方步走去。

大家都爭著往外跑，先跑出去的還看見了老先生的後影，肩頭上飄著些長鬚。

老舍作品精選：8
茶館【經典新版】

作者：老舍
發行人：陳曉林
出版所：風雲時代出版股份有限公司
地址：10576台北市民生東路五段178號7樓之3
電話：(02) 2756-0949
傳真：(02) 2765-3799
執行主編：劉宇青
美術設計：吳宗潔
行銷企劃：林安莉
業務總監：張瑋鳳

初版日期：2022年1月
ISBN：978-986-352-970-5

風雲書網：http://www.eastbooks.com.tw
官方部落格：http://eastbooks.pixnet.net/blog
Facebook：http://www.facebook.com/h7560949
E-mail：h7560949@ms15.hinet.net
劃撥帳號：12043291
戶名：風雲時代出版股份有限公司

風雲發行所：33373桃園市龜山區公西村2鄰復興街304巷96號
電話：(03) 318-1378
傳真：(03) 318-1378
法律顧問：永然法律事務所 李永然律師
北辰著作權事務所 蕭雄淋律師

行政院新聞局局版台業字第3595號 營利事業統一編號22759935

定價：300元

國家圖書館出版品預行編目資料

老舍作品精選. 8：茶館 / 老舍著. -- 臺北市：風雲時代出版股份有限公司, 2021.03 面； 公分

ISBN 978-986-352-970-5 (平裝)

857.7 109021934